KB063363

로크미디어가
유혹하는
재미있는 세상

ROK
MEDIA
로크미디어

야산에 묻혀 버렸더니 3

2023년 7월 7일 초판 1쇄 인쇄
2023년 7월 12일 초판 1쇄 발행

지은이 소수림
발행인 강준규

기획 이기헌 왕소현 임동관 박경무 강민구 조익현
책임편집 천기덕
마케팅지원 이원선

발행처 (주)로크미디어
출판등록 2003년 3월 24일
주소 서울시 마포구 마포대로 45 일진빌딩 6층
Tel (02)3273-5135 Fax (02)3273-5134
홈페이지 rokmedia.com **E-mail** rokmedia@empas.com

ⓒ 소수림, 2023

값 9,000원

ISBN 979-11-408-1161-8 (3권)
ISBN 979-11-408-1158-8 04810 (세트)

UTOPIA

야산에 묻혀버렸더니

소수림 현대 판타지 장편소설

ROK
MEDIA

로크미디어

CONTENTS

일석이조가 될 수 있다

-신석기 대표님이십니까?

　상대가 석기의 이름을 알고 있다.

　아직 상대가 구민재를 납치한 것을 밝히지 않은 상태였지만, 새벽 시간에 뜬금없이 석기를 찾는 전화라면 그야말로 뻔했다.

　납치범의 전화일 터.

　하지만 상대에게 필요한 정보를 알아내는 것이 중요했기에 석기는 모른 척 나왔다.

　"그렇습니다만, 누구시죠?"

　-내가 누군지 알 필요는 없고, 그쪽에 전할 말이 있소.

　"전할 말이 뭔지 모르나 지금 새벽입니다. 날이 밝으면 다시 연락하세요."

석기가 일부러 세게 나왔다.

곧장 상대가 반응을 보였다.

-지금 전화 끊으면 후회할 텐데요.

"뭣 때문에 후회한다는 거죠?"

-우리가 그쪽 직원을 데리고 있소.

"그 말은 직원을 납치했다는 말로 해석해도 되는 겁니까?"

석기는 침착하게 나왔다.

그에겐 사람의 속마음을 들을 수 있는 능력이 있다. 통화 상으로도 상대의 속마음을 들을 수 있었기에 그걸 최대한 이용할 작정이다.

[뭐야? 이놈 왜 이렇게 차분해?]

역시 상대의 속마음이 들렸다.

-왜 그렇게 태연하지?

상대가 이번엔 반말로 나왔다.

당황한 것을 들키지 않으려는 반발일 터.

석기도 말투를 바꾸었다.

"구민재 씨를 납치했으니 딜을 하겠다 이건가?"

-그걸…… 어떻게?

상대가 더욱 당황한 기색이었다.

새벽에 몰래 경기도 양평의 연구실로 찾아가 구민재를 납치한 상태였고, 납치하고 나서도 석기에게 연락을 한 것이

고작 1시간 정도가 흘렀을 뿐이었다.

석기가 직설적으로 나왔다.

상대의 속마음을 들으려면 그것이 편했다.

"명성에서 지시한 일인가?"

-뭐, 뭐라고?

"다시 묻지. 구민재 씨를 납치한 것이 명성기업의 오장환 회장이 사주한 일이라고 묻는 거다."

상대의 속마음이 들렸다.

[이놈이 어떻게 명성에서 사주한 것을 알고 있는 거지? 혹시 정보가 샌 건가?]

일단 답은 나왔다.

역시 명성의 오장환이 사주한 짓거리였다.

-아, 아니오! 절대 오장환 회장과는 상관이 없는 일이오!

하지만 상대가 부정했다.

인정했다간 문제가 복잡해질 테니.

말도 다시 존대로 바뀌었다.

그만큼 석기의 공격적인 질문에 상대가 크게 당황했다는 의미였다.

석기가 다시 상대를 도발하듯이 나왔다.

"강한 부정은 오히려 긍정을 의미하지. 오장환이 사주한 것이 틀림없군."

-이, 이 사람이 진짜 아니라니까!

해결사 수준은 최상급 프로는 아닌 듯싶었다.

이런 상대라면 구민재를 납치한 장소를 알아내는 것은 그리 어려운 일은 아닐 터. 속으로 안도의 한숨을 내쉬며 석기가 다시 통화에 집중했다.

"아니라니 믿어 주지. 한데 구민재 씨를 숨긴 장소가 어디지?"

-장소를 내가 밝힐 것 같은가?

"경기도 양평에 있던 구민재 씨를 납치 하고 나서 1시간 정도가 지나서 내게 연락이 왔어. 그렇다는 것은 구민재 씨를 데리고 있는 장소가 서울 외곽 정도로 추정하면 적당하겠군."

상대 속마음이 다시 들렸다.

[젠장! 뭐 이런 놈이 다 있지? 혹시 우리가 암사동 공장에 있다는 것도 알고 있는 거 아냐?]

이번엔 장소까지 밝혀졌다.

서울 외곽의 암사동 공장.

명성화장품 공장이 그곳에 위치했다.

양평에서 가까운 거리라 구민재를 그곳으로 데려간 모양이다. 새벽이니 공장도 조용할 테고, 지하 창고에 사람을 숨기기도 적당했다. 회귀 전에 명성의 본부장을 지냈던 석기였기에 암사동 공장을 잘 알고 있다.

-서, 서울 외곽은 절대 아니다.

"그렇다면 아직 경기도 양평 부근일 수도 있겠군."

석기는 상대의 허를 찌르기 위해서 일부러 장단을 맞춰 주었다.

-흠흠, 하여간 그쪽 직원은 우리 손에 있다는 것을 명심해라. 참고로 경찰에 연락했다가는 인질을 죽일 수도 있다.

"좋다. 경찰에 연락하지는 않을 테니 걱정 마. 우리도 구민재 씨가 다치는 것을 원치 않으니. 한데 구민재 씨를 납치한 이유가 뭐지?"

-우리가 원하는 조건은 두 가지다.

"두 가지?"

-첫째, 날이 밝는 대로 문자로 계좌번호를 보낼 테니 5천만 원을 입금할 것. 둘째, 그쪽 회사에서 오늘 오후에 진행하기로 했던 공개 체험 이벤트를 취소할 것. 그중에 하나라도 지키지 않을 시엔 인질의 목숨이 위험할 것이다.

"5천만 원을 보내라는 것은 이해가 되는데, 우리 회사에서 진행하는 이벤트를 취소하라는 것은 납득이 되지 않는군."

상대가 구민재를 납치한 것에 돈을 요구한 것은 의심을 사지 않을 목적으로 집어넣었을 것이다. 본래 진짜 목적은 연예인 비누 공개 체험 이벤트를 취소하게 만들려는 것임을. 너무 상대의 속이 빤히 보여서 우스울 정도였다.

-납득이 안 되어도 우리가 제시한 조건을 따라야 할 것이다. 그렇지 않으면 당신 직원의 목숨은 끝장이다.

"차라리 돈은 더 줄 수 있어. 하지만 이벤트를 취소하는 것은 불가능해. 이미 세간에 공개적으로 밝힌 내용이라서 말이지. 1억을 줄 테니 둘째 조건은 없는 것으로 하지."

ㅡ그건 곤란해. 무조건 두 가지 조건을 다 따라야만 당신 회사 직원이 무사히 풀려나게 될 거야.

"생각할 시간이 필요해."

ㅡ그렇담 1시간을 주지. 다시 연락할 때까지 잘 생각해 봐.

"그러지."

상대와 통화가 끝났다.

지금 납치범은 석기가 매우 조급할 것이라 여기고 있을 테지만, 속마음을 통해 상대에게 필요한 정보를 입수한 석기였기에 비교적 차분하게 사태를 판단할 수 있었다.

납치범들은 원하는 목적을 이루기까지 구민재에게 함부로 손을 대지 못할 것이라 여겼다.

"납치범들이 뭐래? 명성에서 진짜 구민재 씨를 납치하도록 사주한 것이 맞아?"

박창수가 걱정스레 석기를 쳐다봤다. 갑자기 구민재를 찾는 석기 전화를 받고 나서 허둥지둥 석기 오피스텔로 건너온 그였다.

박창수도 대충 통화 내용을 들었을 테니 간략하게 말했다.

"구민재 씨를 납치한 것은 명성에서 저지른 짓이 틀림없어. 돈을 요구하긴 했지만 목적은 우리의 공개 체험 이벤트야. 그걸 못 하게 막으려는 수작이라고."

"그럼 이제 어떻게 하지?"

석기가 눈에 힘을 주었다.

구민재를 납치한 것이 오장환의 짓거리라 생각하자 질 수 없다는 오기가 생겼다.

구민재도 구하고, 공개 체험 이벤트도 보란 듯이 행할 작정이다.

"오늘 오후 행사는 차질 없이 그대로 진행할 거야. 그러니 지금부터 내가 하는 말을 잘 들어. 납치범들이 구민재 씨를 끌고 간 장소를 알고 있어."

"장소를 알고 있다고?"

석기 말을 들은 박창수가 침을 꿀꺽 삼켰다. 납치범들이 구민재를 숨긴 장소를 석기가 어떻게 알아냈는지 묻고 싶었지만, 지금 중요한 것은 구민재를 안전하게 구하는 일이 시급했다.

"그렇다면 지금 이러고 있을 때가 아니잖아. 당장 경찰에 연락해서 그곳을 기습하는 것은 어때?"

석기가 고개를 저었다.

"납치범들이 낌새를 채게 되면 구민재 씨가 정말 위험할 수도 있어. 명성에서도 구민재 씨를 납치하도록 사주한 상황이니 결코 가만있지는 않을 거야. 우리의 동태를 지켜보고 있을지도 모르니 혼자 조용히 움직이는 것이 좋겠어."

"너 혼자서 움직이다가 문제라도 생기면 어쩌려고?"

석기가 주먹을 꽉 쥐었다.

그도 혼자서 납치범들을 상대하는 것이 두렵지 않다면 거짓말이었다. 하지만 이번 일은 조용히 혼자 움직이는 것이 좋았다.

"구민재 씨를 구하는 것은 내가 알아서 할게. 대신 창수 너는 이벤트를 신경 쓰도록 해. 무슨 일이 있어도 이벤트는 꼭 진행해야만 한다는 것 너도 잘 알잖아. 지금 시간이 없어서 너랑 길게 말을 나눌 수 없어. 얼른 움직여야만 해."

석기는 외출복으로 갈아입은 뒤 야구 모자를 머리에 푹 눌러썼다. 그러고는 냉장고에서 성수가 담긴 생수병 두 개를 꺼냈다.

"……"

납치범을 찾아가는데 생수병을 꺼내는 석기의 행동을 박창수가 의아히 쳐다봤지만 뭔가 이유가 있을 것이라 여겨 질문을 삼갔다.

"그럼 다녀올게. 적어도 오후 2시 전에는 돌아올 수 있을 거라고는 생각하지만, 만에 하나 우리가 그 안에 돌아오지 못할 경우라도 이벤트를 진행하도록 해."

"……알았어. 조심해."

박창수가 염려가 가득한 눈빛으로 석기를 쳐다봤다. 마음 같아선 석기를 따라가고 싶었다.

하지만 박창수가 할 일이 있었다.

연예인 비누 공개 체험 이벤트.

유토피아로선 매우 중대한 일이었다. 행사가 무산될 경우 대중은 유토피아를 더는 신뢰하지 않을 수도 있었다. 그랬기에 구민재를 구하는 일만큼 행사도 중요했다.

"다녀올게."

석기가 오피스텔에서 나왔다.

공개 체험 이벤트는 오후 2시에서 4시까지로 정한 상태였다. 오전으로 정하지 않는 것이 지금으로선 천만 다행스러운 일이었다.

구민재를 구할 시간은 충분했다.

또한 상대의 속마음을 통해 납치된 장소를 알고 있었다.

부르릉―!

석기는 차를 몰고 거리로 나왔다.

새벽 시간이었기에 거리는 한산했다. 올림픽대로를 이용한다면 청담동에서 암사동까지 30분도 채 걸리지 않을 터였다.

스윽―.

석기가 힐끗 조수석에 놓인 생수병을 쳐다봤다.

생수통 안에 담긴 물은 성수였다.

그걸로 납치범을 상대할 생각이다.

물론 성수는 독으로 전환될 터.

그 전에 블루에게 물어볼 것이 있었다.

'블루, 만일 성수를 독으로 만들면 어떻게 되는 걸까?'

[그걸 사용할 시 절반의 부작용을 경험하게 겁니다. 목숨을 잃을 염려는 없겠지만 마스터의 몸에 무리가 올 겁니다. 물론 성수를 독으로 전환한다고 해도 인간에게 사용하지 않을 경우에는 부작용이 따르지 않을 겁니다.]

블루의 말을 토대로 판단한다면 블루문의 성향이 선에 가깝다는 의미이기도 했다.

인간에게 도움이 되는 성수.

그것이 블루문이 추구하는 목적일 수도 있었다.

하지만 세상엔 악인이 너무 많다.

그중에서 오장환은 아주 질이 나쁜 인간에 속한다.

하지만 세상사는 아이러니하게도 착한 인간보다 나쁜 인간이 더 잘 먹고 잘 사는 경우가 많았다.

성수에 악인을 교화하는 효과가 첨가되어 있다면 정말 좋았을 테지만, 그런 것까지 바라는 것은 지나친 욕심일 수도 있었다.

끼이익!

암사동 화장품 공장에 도착했다.

공장 주변에 차를 세우고 오피스텔에서 가져온 생수 2병을 꺼내어 차에서 내렸다.

검푸른 새벽하늘이다.

가로등이 컴컴한 주위를 밝혀 주고 있었다.

공장은 가동되지 않은 상태라 사방이 조용했다.

납치범들이 숨을 장소는 뻔했다.

석기는 지하 창고로 움직였다.

공장에서 사용하는 지하 창고는 일종의 물류보관센터라고 보면 되었다. 공장에서 완성된 제품을 보관하는 장소 말이다.

웅웅!

핸드폰이 울렸다.

하지만 석기는 전화를 받지 않았다.

사실 지금 급한 쪽은 상대다.

오늘 오후에 유토피아에서 있을 연예인 비누 공개 체험 이벤트를 무슨 수를 써서라도 막아야만 했는데, 석기가 전화를 받지 않으니 바짝 애가 탈 것이다.

한 번, 두 번.

세 번째 연락에 그제야 전화를 받았다.

-왜 이렇게 전화를 안 받는 거지? 직원이 죽어 나가도 상관 없다는 거야, 뭐야!

"잠시 할 일이 좀 있어서."

잔뜩 짜증난 상대의 음성에 비해 석기의 음성은 오히려 여유가 느껴졌다.

-직원을 구하는 것보다 더 중요한 일이 있나 보지?

"당연히 직원을 구하는 일이 중요하지. 해서 직접 너희를 상대할 생각으로 그쪽으로 가고 있다."

-그쪽이라니?

"우리 직원을 데리고 있는 곳."

-뭐, 뭐라고? 여기가 어딘 줄 알고 찾아온다는 거야? 하! 이거 완전 또라이 아냐?

"걱정 마. 다 왔다."

-다 왔다고?

"그래."

통화를 끝낸 석기.

앞의 철문을 노려봤다.

닫힌 철문 아래쪽에서 불빛이 새어 나오고 있었다.

바로 구민재가 갇힌 장소일 터.

'블루.'

[네! 마스터!]

석기가 눈에 힘을 주었다.

블루문의 주인이 된 석기였다.

그리고 블루는 평범한 물을 성수로 전환할 수 있는 신비로운 물질인 블루문에 설정된 프로그램으로, 석기에게 블루문에 관한 정보를 제공하는 역할을 하고 있었다.

비록 실체는 존재하지 않지만 블루는 석기를 마스터로 받아들인 상태였기에 그가 이곳에서 문제가 생기는 것을 결코 가만히 지켜보고 있지는 않을 것이라 여겼다.

사실 석기가 혼자서 이곳을 찾아온 것도 블루를 믿고 있었기에 가능했던 것이다.

'내가 위험에 처하면 도와줄 거지?'

[블루문을 취하신 마스터입니다. 제 도움이 없더라도 능히 문제를 해결하실 수 있을 겁니다.]

'스스로 해결하라 이거군.'

[서운하십니까?]

'아냐, 스스로 해결해 보지, 뭐.'

하긴 이 정도 문제도 해결하지 못한다면 오장환을 상대하는 것은 일찌감치 접는 것이 좋을 터.

[정보를 하나 알려 드리자면 안에 들어 있는 생명체가 모두 셋으로 감지됩니다.]

블루의 정보에 석기의 눈이 반짝였다.

'셋이라면 구민재 씨를 제외하고 납치범이 2명이란 셈이군.'

[2명이라면 충분히 상대할 만하겠군요.]

'정보 고맙다. 상당히 도움이 되었어.'

[다행입니다.]

석기가 닫힌 철문을 쳐다봤다.

그로선 안에 무엇이 있는 전혀 알 길이 없다.

하지만 블루는 안에서 생명체를 감지해 냈다.

'일단 닫힌 철문을 열게 만드는 것이 급선무다.'

구민재를 납치하는 데 동원된 해결사 숫자가 둘로 밝혀졌다.

게다가 명성에서 구민재 납치를 급히 행하다 보니 사주한 해결사의 수준이 떨어진 감이 없잖아 있었다.

그건 석기로선 아주 잘된 일이었다.

실력이 뛰어난 해결사들이라면 아무리 둘이라도 석기 혼자 상대하기엔 버거울 수가 있었다.

하지만 하급 해결사라면 그 혼자도 충분히 처리가 가능할 터.

'시작하자!'

석기가 생수병을 양손에 들었다.

오른발로 닫힌 철문을 힘차게 걷어찼다.

콰앙!

조용한 새벽 분위기였다.

발길질에 철문이 열리진 않았다.

하지만 충분한 경고가 되었을 것이다.

"뭐, 뭐야?"

"밖에 누가 찾아왔나 봅니다."

난데없이 울려 퍼진 소음에 창고 안에 있던 사내들이 놀라 닫힌 철문 쪽을 쳐다봤다. 사내들을 사주한 차 이사의 말로는 지하 창고에 아무도 내려오지 못하게 한다고 했는데, 이런 소음이 들리니 당황이 될 수밖에 없었다.

그러던 순간.

콰앙!

또다시 소음이 들렸다.

누군가 문짝을 걷어차고 있다는 의미.

새벽에 공장 직원들이 이곳을 찾아와 저 짓거리를 할 리는 결코 없을 테니, 답은 그야말로 뻔했다.

"형님! 좀 전에 통화를 나눴던 놈이 찾아온 모양입니다."

"하! 그놈이 대체 여길 어떻게 알고 찾아온 거지?"

"그러게 말입니다. 계속 소란을 피우면 좋지 못할 겁니다."

"빌어먹을! 이익! 정보가 샌 것이 분명해."

사내들이 대화를 나누는 사이.

또다시 철문 쪽에서 '쾅!'하는 소음이 났다.

아마도 문을 열 때까지 계속 저런 행동을 할 것으로 보였다.

"형님! 일단 문을 열어 보죠. 저대로 두면 계속 철문을 걷어찰 기세입니다."

"완전 또라이 같은 놈이네! 설마 여기에 경찰을 끌고 오지는 않았겠지?"

"경찰에게 연락하면 인질의 목숨이 위험할 것이라 했으니 그런 짓은 하지 않았을 겁니다. 제가 문을 열겠습니다."

"알았어."

사내 하나가 철문으로 움직였다.

그러던 순간, 지하 창고의 구석.

납치된 구민재가 그곳에 있었다.

입은 테이프로 봉한 상태였고, 양손은 의자 뒤로 묶여 있었다.

그가 사내의 움직임을 관심을 갖고 지켜보았다.

'정말로 신 대표님이 나를 구하고자 이곳을 찾아온 건가?'

구민재는 기대를 갖고 문 쪽을 주시했다.

사내들이 석기에게 납치한 장소를 까발리지 않은 상태였다.

그럼에도 석기가 알아서 이곳을 찾아왔다는 것이 신기했다.

철컹!

철문이 열렸다.

밖에서 기다리고 있던 석기.

잽싸게 문을 닫지 못하도록 열린 문 안으로 발을 뻗었다.

"허어!"

사내가 어이없단 듯 석기를 쳐다봤다.

추리닝 차림새에 모자를 눌러 쓴 석기.

거기에 양손에 생수병을 하나씩 든 상태.

혼자 이곳을 찾아온 상태임에도 전혀 위축된 기색이 없어 보였다.

"비켜!"

석기가 거칠게 앞으로 움직였다.

어정쩡한 자세로 문을 가로막은 사내가 '어어-!'거리며 뒤로 밀려났다.

사내의 얼굴이 붉어졌지만, 석기는 그런 것에 신경 쓰지 않고 안으로 들어서자 잽싸게 실내를 살피듯 훑어보았다. 제법 널따란 창고였는데 물류 보관을 위한 지하 창고답게 한곳에 화장품 박스가 잔뜩 쌓여 있었다.

'한 놈, 두 놈.'

납치범 숫자는 2명이 맞았다.

방금 문을 열어 준 사내와 뒤쪽에 못마땅한 표정을 짓고 있는 좀 더 나이든 사내. 이들을 제외하고는 다른 납치범은 보이지 않았다.

'구민재 씨는?'

저만치 떨어진 구석. 벽 쪽에 사람이 한 명 있었다.

구민재가 분명했다. 의자에 앉힌 자세.

도망치지 못하도록 양손을 묶어 놓은 모양이다.

구민재를 이곳에서 발견하자 석기는 안도의 한숨을 내쉬었다.

무엇보다 구민재 얼굴도 멀쩡했고 상태도 양호해 보였다.

"……!"

구민재도 석기를 쳐다봤다.

정말로 석기가 찾아왔다.

입이 테이프로 막힌 탓에 말은 못하지만 석기를 발견하자 구민재는 너무 반가웠다. 솔직히 모르는 장소에 끌려온 것이 두렵지 않을 리 없었다.

"그쪽은 신석기 대표?"

"그래, 직접 협상하려고 찾아왔지. 그 전에 우리 직원에게 물 좀 마시게 하고 싶은데."

"물을 마시게 한다고?"

"아주 몸에 좋은 생수거든. 여기까지 끌려오느라 잔뜩 놀라고 긴장했을 테니 목이 탈 거야. 물 정도는 괜찮겠지?"

석기의 여유로운 태도에 사내의 속마음이 들렸다.

[이놈 봐라? 숨겨 놓은 한 수라도 있는 건가?]

사내를 향해 피식 웃은 석기.

숨겨 놓은 한 수.

그건 바로 손에 들고 있는 생수병.

해결사들을 골로 보내 버릴 무기가 되어 줄 터.

"물을 마시게 하려면 입을 막은 테이프를 떼어 줘야겠는데."

"움직이지 마! 수작을 부릴 생각 했다간 골로 가는 수가 있다!"

"수작은 무슨 수작. 우리 직원에게 물 좀 마시게 하겠다는 데. 너무 빡빡하게 굴지 마. 이깟 물이 뭐가 무섭다고.
안 그래?"

"하아!"

사내들의 할 말을 잃게 만든 석기.

양손에 생수병을 들고 이곳이 마치 자신의 안방인 양 성큼
성큼 구민재가 묶여 있는 곳으로 움직였다.

우뚝!

그렇게 구민재 앞에 멈춰선 석기.

사내들을 힐끗 쳐다보며 말했다.

"뭐 해? 입을 막은 테이프를 떼어 줘야지."

"뭐 저런 또라이가 다 있어?"

사내들이 할 수 없이 석기가 있는 곳으로 움직였다.

찌이익!

사내 중 하나가 구민재 입을 막았던 테이프를 뜯어냈다.

"으윽! 시, 신 대표님!"

"구민재 씨! 괜찮아요? 어디 다친 곳은 없어요?"

"뒤통수가 좀…… 얼얼하긴 하지만 괜찮습니다."

"다행이네요. 물을 가져왔는데 좀 마셔요."

석기가 생수병 하나는 바닥에 내려놓고 다른 하나의 뚜껑
을 열었다. 마음 같아선 구민재의 묶인 양손까지 풀어 달라
고 하고 싶었지만 참았다. 지금은 생수에 집중하는 것이 좋
았기에.

"어때요? 물맛 죽이죠?"

구민재의 입에 생수병을 기울인 석기.

의도한 것이 있었기에 구민재를 향해 윙크했다.

리액션을 해 달라는 의미.

"히야! 진짜 물맛 끝내주네요!"

구민재는 진심으로 감탄했다.

방금 마신 물은 3일짜리 성수였기에 물맛이 좋은 것은 당연했다. 갑작스레 납치를 당한 탓에 잔뜩 스트레스를 받았을 구민재의 심신 힐링을 위해 석기가 배려한 것이다. 그런 탓인지 물을 마신 구민재의 눈빛에 생기가 감돌았다.

"남은 물은 제가 마시죠."

3일짜리 성수가 절반이 남았다.

남은 물은 석기가 마셔 버렸다.

석기 역시 리액션을 해 보였다.

"대박! 시원하니 물맛 끝내준다!"

물 마시는 장면을 지켜본 사내들이 침을 꿀꺽 삼켰다.

안 그래도 살짝 목이 마른 상태였다.

그랬는데 두 사람이 물을 마시는 것을 보자 더욱 갈증이 일었다.

안되겠다 싶었는지.

처억!

사내 하나가 칼을 뽑아 들었다.

그러고는 바닥에 놓인, 아직 뚜껑을 따지 않은 생수병을 집어 들고는 석기에게 건네며 명령했다.

"뚜껑을 따서 먼저 마셔."

"왜 물 속에 뭘 탔을까 봐?"

"수작 부리면 죽는다."

"수작 부릴 리가 있나. 그렇게 위협적으로 칼까지 들고 있는데. 나도 내 목숨은 소중한 사람이라고."

석기가 생수의 뚜껑을 오픈했다.

아직은 3일짜리 성수의 상태였기에 물맛이 훌륭할 터.

꿀꺽꿀꺽!

석기가 사내들 앞에서 물을 마셨다.

마셔도 몸에 지장이 없는 물임을.

사내들 앞에서 입증한 셈이다.

"그만 마시고 이리 줘!"

"그러지."

생수통이 사내의 손에 넘어갔다.

'토사곽란을 일으켜 버려!'

성수였던 물은 독으로 변했다.

그걸 알 리 없는 사내들은 석기가 마셔도 문제가 없었기에 남은 물을 사이좋게 나눠 마셨다.

'성공이다!'

석기가 속으로 쾌재를 불렀다.

물을 마신 이상 사내들은 허깨비나 마찬가지였다. 들고 있는 칼도 이제 무용지물이다.

석기가 씩 웃으며 말했다.

"어때? 괜찮아?"

"그게 무슨 말이지?"

"곧 지옥이 시작될 거야."

유토피아의 연예인 비누 광고 시사회에 참석했던 기자에게 사용한 독은 설사병을 일으키게 만들었지만, 오늘은 그것보다 더 지독했다.

일명 토사곽란!

곧장 반응이 왔다.

"헉!"

"윽!"

사내들의 안색이 창백해졌다.

갑작스레 찾아온 엄청난 고통에 배를 잡고 휘청거리던 사내들이 바닥에 주저앉아서는 입에선 토하고 뒤로는 쏟아 내는 현상이 벌어졌다.

화장실을 달려갈 여유도 없었다.

옷을 입은 채로 바닥에 널브러져 볼일을 보게 된 것이다. 지금 순간은 너무 고통스러워 수치심 따위 느낄 겨를도 없을 것이다.

"꾸웨웨웨액!"

"우웨에에엑!"

사내들의 반응에 석기에게도 부작용이 찾아왔다.

"크으윽!"

토하고 설사를 하지 않을 뿐.

석기도 내장이 뒤틀리는 고통에 표정이 잔뜩 일그러지고 말았다.

'이 정도가 절반이라니.'

하지만 해결사들이 겪고 있는 고통에 비하면 절반의 고통이었기에 석기는 이를 악물고 참았다.

지금이 탈출할 절호의 기회였다.

석기는 고통을 참으며 구민재의 묶인 양손을 풀어 주고는 둘이 함께 철문으로 움직였다.

그렇게 두 사람이 지하 창고를 벗어나고 있는 상황에도 해결사들은 둘을 붙잡기는커녕 토하고 설사를 하느라 정신이 없었다.

"윽! 이제…… 되었어요."

지하 창고를 벗어나 차를 세워놓은 곳에 이르자 석기는 구민재에게 차키를 건넸다.

그런 석기의 손이 덜덜 떨고 있었다. 고통을 참느라 안색이 파랗게 질린 상태였다.

"미안하지만…… 구민재 씨가 운전 좀 해야겠어요."

구민재의 당혹스러운 눈빛이었다.

지하 창고에 있던 해결사들도 그렇고, 석기의 현재 상태도 이해가 가지 않은 탓이다.

한 가지 짚이는 것은 석기가 해결사들에게 건넸던 생수. 물에 뭔가 문제가 있었던 것이 분명했다. 그 물을 마시지 않은 구민재 혼자만 멀쩡했기에 말이다.

"타세요. 병원으로 모실게요."

"으윽! 조금 있으면 가라앉을 테니…… 그냥 오피스텔로 가요."

"정말 괜찮겠어요?"

"괜……찮아요."

부작용이 적용되는 시간은 의외로 1시간 정도였다. 전에 겪어 본 바로 1시간만 지나면 씻은 듯이 고통이 싹 가셨던 것이다.

두 사람이 차에 올리탔다.

운전대를 잡은 구민재가 불안스레 석기를 쳐다봤지만 고통스러운 와중에도 석기가 웃고 있었다.

지금 당장은 죽을 맛이지만 구민재를 구해 냈다는 것에 석기는 즐겁게 고통을 감수할 수 있었다.

청담동 오피스텔.

"대박! 정말로 구민재 씨를 구해 왔네!"

박창수는 구민재를 무사히 데려온 석기를 크게 감탄한 기색으로 쳐다봤다.

새벽 2시에 나갔다가 4시에 돌아온 셈이니 엄청나게 빨리 구민재를 구해 온 셈이었다.

"다행히 운이 좋았어."

"운?"

"짐작대로 놈들이 암사동 명성화장품 공장에 숨어 있었어."

"하긴…… 경기도 양평에서 그리 멀지 않은 공장이니 납치 장소로 적당하긴 하네."

박창수는 석기의 말을 수긍하듯이 고갤 끄덕여 주긴 했지만, 솔직히 운이라기보다는 이건 석기가 정말 대단한 거였다.

납치범들이 구민재를 끌고 간 장소를 암사동에 있는 명성화장품 공장이라고 유추해 낸 것도 대단한 거였고, 그곳에서 구민재를 구해 온 것도 너무 대단한 일이었다.

하지만 혼자서 납치 장소를 찾아갔던 석기였다.

그가 어떻게 구민재를 구한 것인지 너무 궁금했다.

"납치범들을 어떻게 상대한 거야?"

"납치범 숫자가 2명밖에 되지 않아서 상대하기가 수월했어."

"2명이라도 무기를 가졌을 텐데 괜찮았어?"

"칼을 소지했더군. 하지만 생수로 처리했지."

"생수?"

"내가 구민재 씨 구하러 오피스텔들 떠날 때 생수병 2개를 들고 간 기억하지?"

"응, 기억해."

"그중 하나에 안 좋은 물질을 타서 가져갔거든."

"납치범들이 의심 없이 그 물을 마셨다고?"

"물론 놈들에게 물을 마시게 하도록 약간 연기가 필요했지. 하여간 중요한 것은 납치범들이 그 물을 마셨고 탈이 났어. 나는 그 틈을 이용하여 구민재 씨를 빼돌릴 수 있었고."

"완전 대박! 스릴 오졌겠다! 근데 너도 혹시 그 물 마셨어?"

"그래, 놈들을 속이라면 어쩔 수 없었어."

석기가 탈이 난 것은 물이 원인이 아니다.

납치범들을 손봐 준 대가로 나타난 부작용이다.

물론 지금은 부작용이 사라진 상태다.

역시 1시간이 지나자 뒤틀리던 내장이 거짓말처럼 잠잠해졌다.

하지만 오피스텔로 돌아오기까지 심한 고통을 겪은 탓에 석기의 안색은 매우 초췌해진 분위기였다. 그런 석기 몰골에 박창수가 오해했다.

"어쩌지……. 그래서 몰골이 그 모양이군. 병원에 안 가도 되겠어?"

"안 가도 돼. 구민재 씨도 크게 다친 곳이 없고 하니 좀 자고 나면 괜찮아 질 거야."

"하아! 정말 다행이다."

박창수의 걱정 어린 시선을 웃으며 넘긴 석기가 소파에 힘없이 앉아 있는 구민재를 쳐다봤다.

납치를 당한 충격도 컸을 텐데, 거기에 다 죽어 가는 석기를 태우고 이곳까지 운전했기에 지금 구민재는 완전 진이 빠진 분위기였다.

스윽!

석기가 손목시계를 확인했다.

그래도 지금 잠들면 몇 시간은 족히 눈을 붙일 수 있을 터.

"구민재 씨, 많이 힘들죠? 얼른 씻고 눈 좀 붙이는 것이 좋겠어요."

"아닙니다. 저보다 대표님이 더 힘들었을 겁니다. 저를 구해 주셔서 감사합니다. 지하 창고에 갇혔을 때는 정말 눈앞이 깜깜했거든요."

구민재가 지하 창고에 갇혔던 순간을 떠올리곤 표정이 굳어졌다. 연구실을 나와 갑자기 뒤통수를 가격당하여 바닥에 쓰러졌는데, 나중에 눈을 떠 보니 못 보던 지하 창고에 입은 테이프로 막혀 있고, 양손은 꽁꽁 묶인 상태였다.

특히 구민재를 납치한 해결사들의 목적이 연예인 비누 공개 체험 이벤트를 취소시키려는 일임을 눈치채자 진짜 눈물이 나올 정도로 원통했다.

석기가 대중에 공개적으로 약속한 이벤트인데, 그것이 취소된다면 유토피아의 신뢰가 바닥으로 떨어질 것이니 말이다.

고마운 석기에게 은혜를 갚기는커녕 납치나 당하여 민폐까지 끼치게 되었다고 생각하자 죽고 싶을 정도로 비참했다.

그랬는데 흑기사처럼 짠하고 석기가 나타난 것이다.

양손에 생수병을 들고 말이다.

결국 석기의 기지로 생수로 납치범을 처리하고 무사히 이곳에 올 수 있었지만, 자칫 이벤트가 그로 인하여 취소가 되었을지도 모르는 상황이었기에, 그 일련의 과정을 생각하면 구민재는 지금도 손발이 덜덜 떨릴 정도였다.

"이제는 안심하셔도 됩니다. 그리고 어르신께는 오늘 행사 때문에 구민재 씨가 이곳에서 자고 간다고 말씀드렸습니다."

"제 아버지가 대표님께 전화를 했던 모양이군요."

"네, 구민재 씨가 연락을 받지 않는다면서 많이 걱정하시기에 거짓말로 둘러대는 수밖에 없었어요."

"그건 정말 잘하셨습니다."

구민재가 입술을 꾹 깨물었다.

과거에 구민재가 친동생과도 다름없이 소중하게 여겼던 천운그룹의 회장 아들이 납치당했고, 지금까지도 그 아이는 죽었는지 살았는지 돌아오지 않고 있었다.

그때의 일이 마음의 상처로 남아 있는 구 노인이었기에 구민재가 납치를 당했다는 말을 들었다면 크게 충격받았을 것이다.

그랬기에 석기가 구 노인에게 사실대로 밝히지 않는 것이 다행이라고 여겼다.

"어르신께는 지금은 주무실 테니 자고 일어나서 연락을 드리는 것이 좋을 겁니다."

"……그러죠."

핸드폰을 손에 거머쥔 구민재가 천천히 고개를 끄덕였다.

구민재는 아버지 목소리가 듣고 싶었지만, 새벽에 전화를 걸었다간 의심을 살 우려가 컸기에.

❋

아침이 되었다.

석기와 구민재가 회사 옥상으로 올라왔다.

둘의 상태는 매우 양호해 보였다.

자기 전에 마신 10일짜리 성수.

역시 성수가 만병통치약이었다.

부작용으로 심한 고통을 겪었던 석기의 내장은 깨끗하게 치유가 된 상태였고, 납치범들에게 뒤통수를 얻어맞았던 구민재의 뒷머리도 몰라보게 말끔히 회복되었다.

"아버지께 전화를 드려야겠어요."

"그러세요."

아침에 일어나자 제일 먼저 구 노인을 떠올린 구민재였고, 회사에 출근하자 얼른 전화를 걸게 되었다. 그런 구민재를 웃으며 지켜보는 석기. 아침 공기가 서늘했지만 신선해서 그런지 기분이 아주 좋았다. 박창수는 일부러 단둘이 있도록 옥상에 따라 올라오지 않고 사무실에 있는 상태였다.

"아버지! 저 민재예요."

-그래, 거기서 잤다며?

"네, 연락드리지 못해서 죄송해요. 오늘 행사 때문에 너무 바빠서 제가 그만 핸드폰 배터리를 충전시키는 것을 깜빡했지 뭐예요."

-흐음, 별일은 없고?

"네, 아무 일 없으니 걱정 마세요."

-아무 일 없다니 다행이구나. 오늘은 집에서 자는 거지?

"당연하죠. 회사 행사 끝나면 곧바로 집으로 돌아갈 테니 저랑 저녁 식사 같이 해요 아버지."

-오냐, 바쁠 텐데 여여 일 봐.

"아버지 사랑해요!"

-허허! 나도 널 사랑한다!

구 노인과 통화가 끝난 구민재가 어색하게 웃으며 석기를 쳐다봤다.

"아버지가 말은 하지 않으시지만, 제가 납치당했던 것을 알고 계신 모양이에요."

"그렇군요. 그래도 구민재 씨가 이렇게 무사하신 상태이니 어르신도 안심하실 겁니다."

"모두 대표님 덕분입니다. 나중에 아마 아버지가 대표님께 무슨 말을 하실 수도 있을 거예요."

석기가 고개를 끄덕여 주었다.

사실 조금 전에 구민재와 통화를 나누었던 구 노인의 속마음을 들어 버렸다.

구 노인은 어제 연구소로 돌아왔던 구민재가 말도 없이 사라진 상황을 납치도 염두에 두고 있던 상태였다.

하지만 구 노인은 석기를 믿고 지금까지 참고 기다리고 있었던 것이다. 그리고 이렇게 구민재가 무사한 상태로 연락을 한 것에 속으로 안도의 한숨을 내쉬었다.

"구민재 씨!"

"네! 대표님!"

"오늘 우리 제대로 보여 줍시다!"

"그거 좋죠!"

"성수가 들어간 비누이니 효과는 확실할 겁니다!"

"맞습니다, 대표님! 사람들이 연예인 비누를 사용해 본다면 모두가 감탄할 것이라 생각합니다!"

연예인 비누 공개 체험 이벤트.

그걸 못하게 막고자 구민재를 납치토록 해결사까지 사주했던 명성의 오장환이다.

그런 오장환의 콧대를 납작하게 만들어 주기 위해선 이벤트를 반드시 성공시킬 작정이다.

"그런 의미에서 오늘 공개 이벤트는 더욱 요란하게 판을 키울 필요가 있습니다!"

"그건 저도 찬성입니다!"

"우리 이벤트를 매스컴에 보도하게 할 생각입니다."

"마침 SB방송국과 KJ케이블은 연예인 비누 광고를 내보낸 곳이니 우리 행사에 우호적으로 나올 거라 봅니다."

"K연예매거진 이소영 기자도 불러야겠군요. 이벤트 기사를 써 준다면 더욱 효과가 있을 겁니다."

연예인 비누 공개 체험 이벤트를 크게 성공시키겠다는 석기의 포부에 못지않게, 구민재도 오늘의 행사를 정말 성공시키고 싶다는 열망으로 가득했다.

"대표님! 이용할 수 있는 것은 모두 이용해서라도 이번 기회에 명성의 콧대를 확실하게 눌러 버리십시오! 아무리 나쁜 짓을 꾸며도 절대 유토피아를 압도하지 못한다는 것을 명성에 단단히 알려 주십시오!"

"안 그래도 그럴 생각입니다. 그만 사무실로 내려갑시다. 여기저기 전화하려면 바쁘게 움직여야 할 겁니다."

대표실로 내려온 석기.

SB방송국, KJ케이블, K연예매거진.

석기는 이 세 곳에 전화를 걸었다.

모두가 석기의 제안을 흔쾌히 받아들였다.

다른 기자들도 초대했다.

기자들에게 연락하는 것은 박창수가 맡았다.

구민재는 이벤트에 사용할 연예인 비누를 체크하는 일을 맡았다. 오늘은 특별히 3일짜리 성수로 만들어진 〈연예인 1호〉의 비누만 선을 보이기로 했다.

홍민아도 일찍이 출근했다.

공개 체험 이벤트를 한다는 것에 들뜬 그녀의 기색이었다.

그녀는 행사장으로 쓰일 행사 홀에 준비가 잘되고 있는지 체크했다.

모두의 손발이 척척 들어맞았다.

❋

한편, 명성기업 회장실.

구민재를 납치토록 해결사를 사주한 일이 실패로 돌아간 것이 밝혀지자 화가 머리끝까지 난 오장환은 사무실을 완전 난장판으로 만들어 버렸다. 그렇게 사무실 분위기를 험악하게 만든 오장환이 이번엔 차 이사에게 고래고래 호통을 쳐 댔다.

"대체 일을 어떻게 처리했기에 납치범들이 인질이 도망친 것도 몰랐다는 거야!"

"죄, 죄송합니다, 회장님! 사주한 놈들이 뭘 잘못 먹었는지 토사곽란이 일어나는 바람에 둘 다 응급실에 실려 간 상태입니다."

"그놈들이 응급실에 실려 가든 뒈지든지 그건 알 바 아냐! 지금 내가 궁금한 것은 어떻게 신석기 그놈이 화장품 공장을 찾아온 거냐고! 혹시 차 이사가 그놈에게 몰래 정보를 흘린 건 아니겠지?"

"그, 그럴 리가 있겠습니까? 해결사 말로는 신 대표가 통밥으로 암사동 공장을 찍었다고 합니다."

"그러니까 운 좋게 찍은 것이 맞았다 이건가?"

"지금 상황에선 그리 설명할 수밖에 없습니다."

"근데 신석기 그놈 혼자서 그곳을 쳐들어왔다며? 싸움도 못하는 놈일 텐데 혼자서 해결사 둘을 어떻게 처리한 거야?"

"신 대표가 머리를 썼나 봅니다."

"머리를 써?"

"신 대표가 생수를 갖고 왔는데 그 안에 토사곽란을 일으키게 만드는 약을 집어넣었던 모양입니다. 해결사들은 그런 사실을 까맣게 모르고 물을 빼앗아 마시고 그렇게 되었던 거고요."

"멍청한 놈들! 물을 마시기 전에 확인했어야지! 이익! 그러니 그렇게 당하지!"

"확인은 했답니다. 듣자 하니 신 대표에게 먼저 그 물을 마시게 했다고 하더군요."

"한데 그놈은 멀쩡하게 직원을 데리고 도망쳤잖아! 안 그래?"

"죄송합니다! 급히 그쪽 직원을 납치하려다 보니 하급 해결사를 고용한 것이 문제였습니다."

"젠장! 그놈의 이벤트를 못하게 막았어야 했는데 그것이 틀어졌어! 그렇다면 이제 방법은 하나뿐이야! 신제품 스킨 커버 가격을 책정한 금액보다 더 올려 버려!"

"99만 원으로 책정했는데 그럼 199만 원으로 올려 버릴까요?"

"그게 좋겠어! 유토피아 비누는 절대 고액은 아닐 테니 가격대로 그쪽을 압도하는 수밖에 없어!"

아직 연예인 비누에 대한 가격대가 세간에 밝혀지지 않은 상태였기에, 오장환은 199만 원이면 충분히 유토피아를 압도할 수 있다고 여겼다.

"회장님! 보고 드릴 일이 있습니다!"

이번에 뽑힌 비서실장 남기택.

그가 무슨 이유인지 회장실로 들어왔다.

오장환과 차 이사가 의아한 눈으로 그를 쳐다봤다.

"남 실장이 내게 보고할 것이 뭐가 있지?"

남 실장이 주먹을 꽉 거머쥐었다.

회장의 수발을 드는 역할은 비서실장의 몫이다.

그걸 차 이사가 맡고 있다는 것이 남 실장은 싫었다.

하지만 뒤늦게 비서실장을 맡게 되는 바람에 차 이사에게 그 역할을 본의 아니게 빼앗긴 셈이 되었다.

"유토피아에서 오늘 공개 체험 이벤트를 매스컴에 보도할 목적으로 방송국 촬영팀과 다수의 기자들을 동원할 것이라는 정보를 입수했습니다."

"이벤트를 매스컴에 보도를 한다고?"

오장환 표정이 확 일그러졌다.

혹시 유토피아에서 이벤트를 크게 키울까 우려가 되었는데 남 실장의 말을 통해 그것이 현실이 된 것임을 알게 된 것이다.

"SB방송국에 근무하고 있는 조감독에게 들은 말이니 틀림없을 겁니다. 게다가 SB방송국만이 아니라 KJ케이블에서도 오늘 유토피아에서 주관하는 이벤트를 방송에 내보낼 생각이라고 하더군요."

"하! 신석기 그 버러지 같은 놈이 정말로 나랑 한판 붙어 보겠다는 수작이군!"

오장환이 이를 빠득 갈아 댔다.

안 그래도 유토피아 이벤트를 방해할 목적으로 해결사들에게 구민재의 납치를 사주했지만 그것이 무산이 되어 버린 상황이다. 그것에 잔뜩 화가 났는데 이번엔 방송에 보도까지 된다니 분통이 터졌다.

차 이사도 유토피아의 이벤트가 방송으로 보도된다면 명성이 불리해질 것을 알고 있기에 괜히 남 실장을 채근하듯이 물었다.

"남 실장! 정보 확실한 거 맞지?"

"차 이사님! 제 말을 믿지 못하겠다면 SB방송국에 직접 차 이사님이 전화를 걸어서 확인해 보시던가요. 저도 이거 어렵게 얻은 정보인데 그런 말을 들으니 서운하네요."

"기분 나쁘라고 한말은 아니니 오해하지 마. 지금 상황이 상황이다 보니 조금 예민해진 모양이네."

차 이사와 살짝 신경전을 벌였던 남 실장.

그가 다시 오장환을 향해 알아온 정보를 보고했다.

"회장님! SB방송국에선 유토피아의 이벤트를 오늘 저녁에 〈진위 여부〉란 토크쇼에 보도할 것이라고 합니다. 그리고 KJ케이블에서도 그와 유사한 프로그램에 나올 거라는 말도 있고요."

"빌어먹을!"

오장환의 감정이 격해졌다.

이렇게 되면 좀 전에 얘기했던 신제품 스킨 커버 가격대를 고가로 책정한 것으로는 해결책이 되지 못할 터였다. 만일 연예인 비누 효과가 사실로 입증될 경우, 그야말로 유토피아의 등에 날개를 달아 준 셈이 될 테니 말이다.

"차 이사! 당장 조폭들을 동원해!"

"조폭들을 행사장에 보내려고요?"

"사람들이 이벤트에 참석하지 못하게 하려면 조폭들이 깽판을 치는 것이 답이야!"

"그랬다가 나중에 명성에서 조폭을 동원한 것이 밝혀지면 일이 복잡해질 겁니다. 그리고 조폭들을 동원시키는 문제도 그리 쉽지 않은 일이고요."

"지금 찬 밥 더운 밥 가리게 생겼어? 이용할 수 있는 거면 뭐든 이용해야지! 조폭들을 동원하는 문제는 엔터 사업을 할 때 써먹던 놈들을 고용하면 될 거야. 보스 놈에게 입막음 조로 돈을 안겨 주면 알아서 나머지 놈들의 입을 틀어막을 것이니 문제없어! 그러니 연락처 알려 줄 테니 지금 당장 나가서 조폭들과 접촉해 봐!"

"아, 알겠습니다. 한데 수임료는 얼마로 책정하죠?"

"보스 놈에게 1억 챙겨 주고, 나머지 잔챙이 놈들에게는 두 당 100만 원을 얹어 주면 적당할 거야. 가령 백 명 정도라 해도 2억이면 해결이 될 거야."

"……."

차 이사의 표정이 좋지 못했다.

계급이 깡패이니 오장환의 지시를 따르긴 해야 할 테지만, 차 이사는 조폭들을 끌어들이는 일이 흔쾌한 기분은 아니었다.

해결사를 한둘 사주하여 몰래 일을 처리하는 것과 조폭들을 무더기로 동원하는 것은 아무래도 차이가 컸기에 말이다.

게다가 조폭들이 무력을 행사하게 될 경우 자칫 경찰이 투입될 수 있을 테니 일이 시끄러워질 우려가 컸다.

하지만 차 이사를 배려할 마음이 손톱의 때만큼도 없는 비열한 오장환이었다.

어차피 조폭들을 동원하여 소동을 일으킨 것이 문제가 된다면 차 이사에게 책임을 전가할 작정이었기에 말이다.

"그럼 차 이사는 조폭들을 동원하는 일을 맡도록 하고, 남실장은 여기에 남아서 돌아가는 사태를 파악하는 일을 맡도록 하지!"

"넵! 회장님!"

"그럼 저는 나가 보겠습니다."

오장환의 업무 배분에 불만이 있었지만 차 이사는 따르는 수밖에 없었다.

그래서 밝은 표정의 남 실장에 비해서 차 이사의 표정은 어두웠다.

자칫 쓰고 버리는 패가 되어 버릴 수도 있는 분위기였기에 말이다.

더군다나 오장환이 막판까지 차 이사 비위를 건드리는 말을 서슴지 않았다는 점에 차 이사의 기분은 바닥까지 떨어졌다.

"차 이사! 이번 일은 좀 제대로 해 봐! 이번에도 실패하면 자넨 투 아웃이야! 내 사전에 투 아웃도 아주 많이 봐준 거라고! 알겠는가?"

"……유념하겠습니다!"

풀 죽은 차 이사가 오장환을 향해 꾸벅 고개를 숙이고는 회장실 문을 열고 밖으로 빠져나갔다. 그런 차 이사의 행동을 지켜본 남 실장의 입꼬리가 슬며시 올라갔다. 이번 일로 잘하면 오장환의 측근 타이틀을 남 실장이 넘겨받을 수 있을 것이란 기대가 되었기에.

한편 유토피아 대표실.

공개 체험 이벤트가 오후 2시부터 시작된다는 것에 서둘러 점심을 간단하게 먹고 난 석기와 간부급 직원들이 대표실에 모두 집합했다.

"대표님! 이제 행사에 들어가기까지 1시간 정도 남았습니다. 방금 도착한 양쪽 방송국 촬영팀이 지금 장비를 세팅 중이니 사람들이 도착하면 그대로 행사를 진행하면 차질이 없을 것이라 봅니다."

"수고 많았어요, 박 부장님!"

석기가 오늘 누구보다 분주히 움직인 박창수를 웃으며 치하했다.

"대표님! K연예매거진 이소영 기자님과 다른 곳에서도 다섯 분의 기자님이 행사 홀에 도착한 상황입니다. 다들 이벤트 기사를 좋게 써 주겠다고 약조를 받았으니 이제 행사만 제대로 치르면 됩니다."

홍민아가 오늘 담당한 분야는 기자들 관리였기에 그것에 관해 보고했다.

"그래요. 홍 팀장님도 수고가 많았어요. 그럼 사람들이 도착하는 대로 일단 로비에서 대기토록 했다가 차례대로 행사 홀로 입장시키는 방법으로 하죠."

한꺼번에 사람들을 행사 홀에 들이면 너무 어수선해질 것을 염두에 두고 건물 로비를 대기실로 활용하기로 했다. 그곳에 다과 테이블을 구비해 놓았는데 차는 당연히 성수를 이용한 차였기에 맛이 뛰어날 것은 두말할 필요가 없었다.

석기가 다시 모두를 향해 말했다.

"잠시 후면 연예인 비누 공개 체험 이벤트를 진행할 겁니다. 로비에 모인 사람들은 온 순번대로 행사 홀로 올라오도록 하세요. 그게 공평할 테니까요."

"알겠습니다."

"행사 홀에 세안부스로 준비한 장소가 모두 다섯 곳이니 5명을 기준으로 조로 나눠서 움직이죠."

"알겠습니다."

"이벤트에 참가한 사람들의 수가 얼마가 될지는 모르나, 사람들 수에 신경 쓰지 말고 각자 맡은 일에 최선을 다해 주시길 바랍니다. 그럼 각자 위치로 움직이세요."

석기의 말이 끝나자 대표실에 있던 이들이 해산하고자 다들 앉았던 자리에서 일어났다.

하지만 바로 그때였다.

"신 대표님, 큰일 났습니다!"

홀리광고제작사 유승열이다.

유토피아 이벤트에 유승열도 책임감을 갖고 행사 홀에 있는 촬영팀을 돕고 있는 상황이었다.

그랬던 유승열이 크게 당황한 기색으로 대표실을 찾아왔다.

"무슨 일인데 그러시죠?"

"제가 잠시 편의점을 다녀올 일이 있어서 아래층으로 내려갔는데요. 건물 로비에 조폭들로 보이는 시커먼 정장 차림새의 무리가 잔뜩 나타나서 깽판을 치고 있습니다."

"조폭들이 로비에서 깽판을 치고 있다고요?"

"조폭들이 행패를 부리는 바람에 로비에서 기다리고 있던 사람들이 겁을 집어먹고 죄다 밖으로 뿔뿔이 흩어진 상태랍니다. 이런 식이라면 사람들이 행사 홀에 들어오지 못할 테니 공개 체험 이벤트가 진행되기 어려울 수도 있을 겁니다."

로비를 내려갔다가 온 유승열이 전달한 내용으로 인해 대표실 안의 사람들 안색이 창백해졌고, 석기도 예상치 못한 조폭 소동에 크게 당황이 되었다.

구민재 납치 건이 실패한 것에 오장환이 더는 유토피아 이벤트에 손을 대지 못할 것이라고 생각했는데 판단 미스였다.

조폭들이 이곳에 나타난 이유.

당연히 이벤트를 방해하려는 것일 터.

구민재 납치를 사주했던 명성의 오장환이 이번엔 조폭들을 동원하여 유토피아의 이벤트를 방해하려는 수작이 분명했다.

"일단 경찰에 연락하세요."

"경찰에 이미 연락했습니다. 경찰이 이곳에 도착하기까지 시간이 좀 걸릴 듯싶습니다. 그런데 문제는 겁을 먹은 사람들이 건물 안으로 들어설 엄두를 내지 못하고 있다는 점입니다. 이런 식이라면 사람들이 참가하지 못할 테니 오늘 이벤트가 중지될 수도 있습니다."

"이벤트가 중지되어선 절대 안 됩니다! 반드시 이벤트를 성공시켜야만 우리에게 승산이 있습니다!"

석기가 이를 악물었다.

공개 체험 이벤트는 절대 포기할 수 없었다.

하지만 로비에 조폭들이 잔뜩 깔려 있는 상황에서 사람들을 행사 홀로 끌어들이기는 어려웠다. 게다가 경찰까지 동원된다면 어수선한 분위기로 인해 이벤트를 진행하기가 어려울 수도 있었다.

석기가 모두를 둘러보면서 다시 의지를 다지듯이 말했다.

"상황이 어렵게 되었지만 이벤트는 꼭 진행할 겁니다."

"대표님 마음은 이해하지만…… 참여할 사람들이 없으면 이벤트는 불가능할 겁니다."

홍민아가 흔들리는 눈빛으로 석기를 쳐다봤다.

연예인 비누 광고 모델이었던 그녀는 넙튜에 올린 가짜 연예인 비누 광고로 대중에 허위 광고라는 소리를 들은 것에 상처를 받았기에 누구보다 오늘 이벤트가 성공하기를 진심으로 바라고 있었다.

"아직 체념하기는 이릅니다! 조폭들이 판을 치고 있는 건물의 로비에는 이미 사람들이 모두 사라졌을 테니 그곳은 제외하고, 다른 층에 있는 사람들 중에서 피부에 문제가 있는 사람들을 대상으로 이벤트를 진행하면 될 겁니다!"

그러자 석기의 말에 유승열이 한숨을 내쉬듯이 대꾸를 흘렸다.

"실은 건물에 있는 이들 중에서 피부에 문제가 있는 사람들 대부분이 이벤트에 참가하고자 로비로 내려간 상황입니다. 현재 조폭들의 행패에 다른 곳으로 피신한 상태고요."

"그럼 있는 사람들 중에서 이벤트에 참가시킬 만한 사람들을 찾아보도록 하죠."

연예인 비누 공개 체험 이벤트의 효과를 확실하게 어필하려면 피부가 심각한 상태일수록 좋았다.

하지만 건물에 남아 있는 이들 중에서 그나마 두 명을 찾아내긴 했지만, 이벤트에 썩 어울릴 만한 인물은 아니란 점이었다.

얼굴 피부 상태가 보통보다 살짝 나쁜 정도. 연예인 비누를 사용하면 즉각 효과를 볼 테지만 매스컴에 내보낼 정도의 효과를 기대하기엔 뭔가 2%로 부족했다.

대중에 충격을 선사하려면 제대로 효과를 볼 수 있는, 잔뜩 망가진 얼굴 피부가 필요했다.

딱 한 명이라도 좋았다.

문제가 심각한 얼굴 피부를 지닌 인물이 절실했다.

하지만 그런 인물이 없다는 것이다.

어느새 시간이 오후 2시가 되었다.

"하아!"

한숨을 푹푹 내쉬던 석기.

오늘 이벤트는 진행하지 못하게 되었다.

대중과의 약속을 지키지 못한 것에 석기는 마음이 무거웠다.

방송국 촬영팀과 기자들의 표정도 어두워 보였다.

그런데 석기가 그들에게 철수하라는 말을 꺼내려는 순간.

행사 홀 입구로 얼굴을 마스크로 가린 여자가 걸어왔다.

"저, 저기요. 저도…… 이벤트에 참가해도 될까요?"

석기의 눈빛이 이채를 발했다.

'설마…….'

그러니까 어제 아침의 일이었다.

어떤 여자가 석기에게 도움을 요청하는 전화를 했다.

처음에는 정신이 이상한 여자라고 생각하여 무시하려 했지만, 그녀의 절절한 속마음을 들어 버리자 장난 전화가 아님을 알 수 있었다.

－제발 저를 도와주세요!

"내가 누군지 알고 도움을 요청하는 거죠?"

－당신은 유토피아 대표잖아요. 오장환 회장이 저를 죽이려고 해요.

"오장환 회장이 무슨 일로 그쪽을 죽이려 한다는 거죠?"

－지금은 자세한 말씀을 드릴 수 없어요. 여긴 중국인데, 저를 한국에 들어갈 수 있게 해 준다면 무슨 일이든지 할게요. 저를 감시하는 남자가 통화하는 내용을 몰래 들었는데 오늘 밤에 저를 처리하겠다고 했어요! 으흐흑!

"그렇다면 다른 사람에게 도움을 요청하는 것이 좋겠습니다. 명성과 연관된 그쪽과 엮이고 싶지 않습니다. 그럼 이만 전화 끊겠…….”

　-자, 잠깐만! 제발 전화 끊지 마세요! 저는 도움을 요청할 사
람이 아무도 없어요! 만일 저를 도와주신다면 대표님께 드릴
정보가 있어요!

　"정보라고요? 어떤 정보죠?"

　-직접 뵙고 말씀드릴게요. 대표님께서 도와주지 않는다면
저는 이곳에서 허무하게 목숨을 잃는 수밖에 없다고요! 그러니
제발…… 흐으윽!

　여자가 전할 정보가 궁금하기도 했지만.

　일단 사람 목숨은 구하고 보자고 생각했다.

　회귀 전에 그도 오장환에게 당하여 야산에 파묻혔던 적이
있었기에 도움을 절실히 원하는 여자를 모른 척할 수가 없
었다.

　"그쪽 이름이 뭐죠?"

　-궈, 권진아에요.

　"권진아 씨! 지금부터 제 말 잘 들으세요."

　다행히 중국에서 권진아의 감시자로 붙인 사람은 한 명 뿐
이라고 했고, 그녀가 위치한 곳은 해안가와 인접한 도시로
석기도 잘 아는 장소였다.

　회귀 전에 석기는 명성의 본부장으로 지낼 당시 화장품 사
업을 확장할 목적으로 중국으로 출장을 간 적이 있었고, 그
곳에서 소매치기를 당한 경험이 있었는데 그때 당시 석기를

도와준 인물이 있었다.

홍신소에서 일을 하는 사립 탐정으로 우연히 석기가 소매치기를 당한 사건 현장에 있던 그의 도움을 받아 무사히 지갑을 찾을 수 있었다.

그때의 일로 나중에 한국에 놀러오면 식사 대접을 하겠다는 의미로 그와 명함을 주고받았는데, 이상하게도 회귀 전의 일임에도 방금 명함을 주고받은 것처럼 머릿속에 그의 연락처가 또렷하게 기억났다.

어쩌면 그런 현상도 블루문을 취한 효과인지도 몰랐지만, 석기는 당장 그에게 전화를 걸어서 급행료를 낼 테니 여자를 한국에 보내 주는 일을 의뢰했다.

다행히 급행료가 통한 건지 몰라도 그가 전후 사정을 따지지 않고 석기 의뢰를 받아들였다.

여자는 울면서 석기에게 고맙다고 했고 나중에 안전하게 한국에 들어오게 되면 연락을 하겠노라고 말했지만, 그 사이에 구민재 납치소동과 오후에 있을 이벤트로 인하여 그만 여자 문제는 까맣게 잊어버리고 있던 상태였다.

그랬는데…….

[저 권진아예요. 대표님께서 도와주셔서 이렇게 한국에 들어올 수 있었어요.]

권진아 속마음이 들렸다.

사람들의 시선 때문인지 그녀는 차마 말을 하지 못하고 울

먹이는 눈빛으로 석기의 얼굴을 감격하여 바라보고 있을 뿐이었다.

"마스크 한번 벗어 보시겠어요?"

석기의 말에 권진아가 고개를 끄덕여보이곤 얼굴을 가렸던 마스크를 벗었다.

"대박!"

"허어!"

보기에도 흉흉한 권진아 얼굴 피부 상태에 그만 주변에 몰려든 사람들이 크게 술렁거렸다.

공개 체험 이벤트.

이대로 끝이라고 생각했다.

그런데 최강의 구원투수가 나타난 것임을.

"권진아 씨! 저희 이벤트에 참가해 주신 점 감사드립니다!"

"제가 누군지…… 알고 계셨군요."

권진아가 석기를 깜짝 놀란 눈으로 쳐다봤다. 자신의 이름을 밝히지 않은 상태였지만 석기가 그녀를 알아본 것이다.

"목소리를 듣고 유추해 낼 수 있었습니다. 무사히 한국에 돌아올 수 있어 다행입니다."

"정말 감사합니다! 대표님께서 제게 베풀어 주신 은혜는 절대 잊지 않겠습니다!"

권진아가 석기를 향해 정중히 고개를 숙여 인사했다.

그녀가 이곳을 찾아온 것.

유토피아에서 연예인 비누 공개 체험 이벤트를 한다는 소식을 접하자 인천항 부두에 도착하자마자 택시를 잡아타고 이곳으로 달려왔다. 그러고는 혹시 명성의 사람들에게 들킬 것을 염려하여 건물의 화장실에 숨어 있었다.

긴장이 풀리자 화장실에 숨어 있던 그녀는 그만 깜빡 잠이 들었고, 깨어나 보니 어수선한 로비의 상황에 정신없이 비상 계단을 통해 이곳으로 달려왔다.

그러다 막 촬영팀이 철수를 하려는 상황에 그녀가 이렇게 뛰어든 것이다.

권진아가 입술을 꽉 물었다.

중국에 남아 있었더라면 그녀는 죽은 목숨이었을 것이다.

"넙튜에 올라왔던 가짜 연예인 비누 동영상의 주인공이 바로 저입니다! 오늘 이곳에서 넙튜에 영상을 올린 이유에 대해 모두 폭로할 생각입니다!"

권진아의 언급은 확실히 파격적인 충격을 선사했다.

특히 SB방송국과 KJ케이블 촬영팀, 그리고 기자들은 권진아를 흥분한 기색으로 쳐다봤다.

이건 빅뉴스감이었다.

방금 권진아가 했던 말이 사실이고, 이벤트에서 정말로 비누 효과를 보게 된다면 엄청난 뉴스거리가 될 터였기에 말이다.

'맙소사! 저 여자가 넙튜에 올라왔던 동영상 주인공이라니?'

'그러고 보니 분위기가 비슷하군!'

'이벤트가 무산되었다고 생각했는데 더욱 엄청난 대박을 건지게 되었어!'

또한 박창수, 구민재, 홍민아, 유승열, 이들도 하나같이 흥분한 기색으로 석기를 쳐다봤다. 그녀와 석기의 사이에 무슨 일이 있었던 건지는 몰라도, 오늘 이벤트를 확실하게 살릴 수 있는 인물이 등장한 것이니 말이다.

'권진아 씨 덕분에 이번 이벤트로 일석이조의 효과를 거둘 수 있게 되었다.'

석기의 눈빛이 반짝였다.

정말 아주 잘된 일이었다.

권진아가 넙튜에 가짜 비누 영상을 올린 인물임을 밝히기 이전에, 그는 그녀의 속마음을 통해서 이미 그 사실을 눈치챘다.

하지만 그걸 폭로하는 문제는 강제로 권할 수 없었기에 그녀의 의사를 따를 생각이었다.

그랬는데 권진아가 스스로 그걸 밝힌 것이다. 그녀가 이곳을 찾아온 것도, 방금 그 말을 꺼낸 것도, 모두 석기에게 도움을 주려는 그녀의 의도임을.

사실 딱 한 명이라도 좋았다.

이벤트에 어울리는 그럴듯한 참가자가 있으면 정말 좋겠다고 생각했는데, 이렇게 최적의 인물이 등장했다.

　거기에 대중의 호기심을 자극할 만한 스토리까지 갖춰진 상태였다. 넙튜에 올린 가짜 연예인 비누 세안 후기. 명성의 사주로 그것을 올린 모델이 유토피아 이벤트에서 대중에 진실을 폭로하는 상황이 되었으니 말이다.

　"권진아 씨! 이벤트에 참가하여 그것을 폭로할 경우 자칫 권진아 씨의 안위에 문제가 발생할 수도 있습니다! 그래도 괜찮겠어요?"

　"네! 괜찮습니다! 이미 한 번 죽은 목숨이라고 생각하니, 진실을 밝히는 것 정도는 더는 겁나지 않아요!"

　권진아가 입술을 꽉 물었다.

　어떤 일이 벌어져도 반드시 이벤트에서 진실을 밝히겠다는 의지가 확고해 보였다.

　"좋습니다! 그럼 이벤트를 시작하기 전에 여러분께 드릴 말이 있습니다! 이벤트 참가자 권진아 씨에 대한 촬영이 끝나고 나면, 이곳에서 있었던 일에 대해선 매스컴에 보도되기까지는 모두 비밀로 해 주셨으면 합니다!"

　석기의 힘껏 움켜쥔 주먹은 그의 감정을 대변하듯이 파르르 격하게 떨리고 있었다.

　조폭들을 동원하여 이벤트를 방해하려던 오장환에게 오히려 빅 엿을 먹일 수가 있게 되었다.

하지만 이벤트의 내용이 매스컴에 제대로 보도가 되기까지는 방심은 금물이라 여겼다.

명성에서 버린 패인 권진아.

그런 그녀가 유토피아 이벤트에 참가했다는 것이 명성의 오장환 귀에 들어간다면 무슨 수를 써서라도 방송에 이벤트 내용을 보도하지 못하게 막으려 할 테니 말이다.

"여러분도 알다시피 건물 로비는 오늘 이벤트를 위한 대기 장소로 사용하게 되었지만, 조폭들의 난동으로 사람들이 모두 해산된 상태입니다. 만일 권진아 씨를 촬영한 내용이 미리 새어 나갔다간 조폭들을 사주한 누군가가 절대 가만있지 않을 거라 봅니다. 무슨 수를 써서라도 이벤트 내용을 방송으로 보도되기 전에 폐기 처분시키려 들 겁니다."

석기의 말에 촬영팀과 기자들이 긴장된 침을 꿀꺽 삼켰다. 사실 아까 로비에서 조폭들이 난동을 피운다는 것에 그곳의 상황을 찍으려고 내려갔던 몇몇 기자들이 그대로 겁에 질려 다시 행사 홀로 올라온 상황이었다. 조폭들이 기자들에게 촬영하면 머리통을 박살을 내 버리겠다면서 살벌하게 으름장을 놓았기에 말이다.

"그러니 그걸 막기 위해서 비밀 엄수가 필요합니다. 이곳에 모인 여러분께 죄송한 말씀이나 양해를 구하겠습니다. 이벤트 내용이 매스컴에 보도가 될 때까지는 한 분도 이곳에서 빠져나갈 수 없습니다. 물론 매스컴에 이벤트 내용이 보도가 되고 나선 그때부턴 자유입니다. 하지만 여러분께 제가 장담 드릴 수 있습니다! 오늘 이곳에서 벌어지는 내용은 세간에 커다란 충격을 선사할 빅 이슈가 될 테니까요."

석기 말에 사람들이 술렁거렸다.

하지만 다행히 사람들은 석기의 말을 따르는 것이 좋겠다 고 판단했다. 조금만 참으면 엄청난 뉴스를 건지게 될 수 있 었으니 말이다.

이곳에서 촬영한 장면은 편집을 거치지 않고 날것의 상태 로 그대로 보내도 상관없었기에 방송 직전 방송국에 보내면 그만이었다.

그렇게 촬영팀과 기자들의 약조를 받아 낸 석기는 이번엔 앞서 건물에서 찾아낸 이벤트에 참가시키고자 했던 두 사람 과 얘기를 나눴다.

오늘 이벤트는 권진아 한 명에게 집중하는 편이 좋았다.

대신 공개 체험 이벤트에 제외시킨 두 사람에겐 연예인 비누와 릴렉스 향수를 선물로 보답하는 것으로 좋게 정리되 었다.

"그럼 지금부터 유토피아 이벤트를 진행하겠습니다!"

석기가 무대에 올라섰다.

본래대로 이벤트가 진행되었다면 준비한 사회자가 이벤트 를 진행할 계획이었지만 조폭들로 인하여 상황이 달라졌다.

해서 석기는 이벤트의 분위기를 보다 뜨겁게 만들기 위해서 직접 사회를 자처했다.

번쩍! 찰칵찰칵!

무대에 선 석기를 향해 기자들의 카메라가 플래시를 토해 냈고, 양쪽 방송국에서 세팅한 촬영 장비가 단상의 석기를 집중 조명했다.

"유토피아 대표 신석기입니다! 제가 국민 여러분께 제안했던 연예인 비누 공개 체험 이벤트는 피치 못할 사정으로 참가자가 단 한 분밖에 참여를 하지 못한 상태입니다! 하지만 참가자 분이 한 분뿐이라고 해도 이벤트는 차질 없이 그대로 진행할 생각입니다! 저희 유토피아 비누를 사용한 참가자분의 얼굴이 어떻게 달라지는지 한번 지켜보시죠!"

행사 분위기를 위해 권진아는 다시 마스크를 착용한 상태였다. 석기가 그런 권진아를 향해 질문을 시작했다.

"성함이 어떻게 되시죠?"

"권진아입니다!"

"권진아 씨! 유토피아 연예인 비누 공개 체험 이벤트에 참가해 주신 점, 진심으로 감사하게 생각합니다! 저희 이벤트에 참가하신 특별한 이유가 있으신가요?"

"네! 있습니다! 연예인 비누를 사용해서 정말 제 피부가 좋아질 수 있는지도 궁금하긴 하지만, 그것보다 대중에 밝힐 중요한 얘기가 있어서 이렇게 이벤트에 참가하게 되었습니다!"

"권진아 씨가 밝히겠다는 중요한 얘기가 궁금하긴 하지만, 그건 이벤트를 진행하고 나서 밝히는 것은 어떻겠습니까?"

"저도 그럴 생각입니다."

권진아가 넙튜에 올린 가짜 연예인 비누 세안 후기에 대한 것은 처음부터 밝힐 필요가 없었다. 진짜 연예인 비누를 사용하고 권진아의 피부가 좋아지게 만든 후에 그걸 밝히는 편이 훨씬 효과가 좋을 테니 말이다.

"그럼 세안부스로 이동해 주시죠!"

다 함께 건배합시다

세안부스로 움직인 권진아.

그런 그녀를 향해 석기의 멘트가 다시 흘러나왔다.

"참고로 세안부스에 준비된 것은 저희 유토피아에서 제작한 〈연예인 1호〉 비누입니다! 유토피아 비누 광고 모델이었던 홍민아 씨가 사용했던 것과 같은 비누이기도 하죠. 지금부터 그것을 권진아 씨가 사용하게 될 겁니다. 권진아 씨! 마스크를 벗어 주시죠!"

권진아가 마스크를 벗었다.

촬영팀 카메라가 그런 권진아를 잡았다.

마스크를 벗은 권진아의 얼굴.

확실히 보통 사람의 얼굴 피부에 비해선 매우 심각한 상태였기에, 나중에 연예인 비누를 사용하고 나서 효과를 보게 되된다면 더욱 비교되긴 할 터였다.

지금 촬영을 하는 장면은 나중에 방송으로 보도가 될 것이라는 점에, 그것을 신경 쓴 석기가 차분하게 멘트를 진행했다.

"여러분들도 지금 권진아 씨 얼굴 피부를 잘 보셨을 겁니다. 보다시피 아주 심각한 피부 상태임을 알 수 있습니다. 그런 권진아 씨가 과연 〈연예인 1호〉를 사용하게 될 경우 피부가 어떻게 변할지 매우 궁금하실 겁니다. 그럼 지금부터 권진아 씨가 연예인 비누로 세안을 하는 장면을 비롯하여, 세안 후에 얼굴 피부의 변화까지 거짓 없이 솔직하게 여러분께 공개해 드릴 것을 약속합니다! 권진아 씨! 세안을 시작해 주시죠!"

권진아가 세면대에 물을 받았다.

물로 얼굴을 적시고는 준비된 〈연예인 1호〉로 거품을 내어 얼굴을 씻기 시작했다.

[과연 정말로 달라질 수 있을까?]

[아무리 비누의 성분이 뛰어나다고 해도, 얼굴 피부가 보통 심각한 것이 아닌데 단박에 효과를 보게 되는 것은 불가능할 거야.]

[그래도 혹시 모르지. 공개적으로 이런 이벤트를 한 것을 보면 뭔가 있기는 할 거야.]

[지켜보는 내가 괜히 긴장되네.]

[만일 비누 효과가 사실이라면 유토피아는 완전 돈방석에 앉게 되겠군.]

[근데 권진아가 아까 밝힐 것이 있다고 했는데 그게 대체 뭘까? 꽤 중요한 내용인 것 같던데.]

권진아의 세안하는 모습을 관심을 갖고 지켜보고 있던 방송국 촬영팀과 기자들의 속마음이 석기의 귀에 어지럽게 들려왔다.

〈연예인 1호〉 비누.

그것에 대해 공개 체험 이벤트를 벌인 것에 사람들이 기대를 갖고 있긴 해도 아직은 비누 효과에 대해서 반신반의하고 있었다.

하지만 연예인 비누를 믿고 있는 이들.

석기를 비롯하여 홍민아, 박창수, 구민재, 유승열의 눈빛은 신뢰로 가득했다.

드디어 세안이 끝났다.

권진아가 거울에 비친 얼굴을 바라봤다.

[정말로 흉터들이 모두 사라졌어!]

권진아의 동공에 뿌연 습기가 차올랐다.

죽을 위기에 처한 그녀를 중국에서 한국으로 건너오게 도와준 석기에게 진심으로 고맙게 생각하고 있었기에 그에게 조금이라도 도움이 되었으면 싶어 이렇게 이벤트에 참가한

것이지, 솔직히 비누가 정말로 효과를 보여 줄지는 반신반의
하는 마음도 없지 않았다. 그냥 조금 피부가 좋아지는 정도
만 되어도 감지덕지라고 여겼을 터였다.

그랬는데 마법처럼 얼굴 피부가 깨끗해진 것이다. 마치 사
춘기 이전의 뽀송했던 얼굴 피부로 돌아간 것처럼 보일 정도
였다.

그때 석기의 멘트가 흘러나왔다.

"권진아 씨의 비누 세안이 모두 끝났습니다! 그럼 지금부
터 저희 유토피아에서 제작한 〈연예인 1호〉 비누로 세안을
마친 권진아 씨의 얼굴을 확인해 보도록 하겠습니다! 권진아
씨! 카메라를 향해 몸을 돌려 주시기 바랍니다!"

하지만 석기의 말에도 권진아는 카메라를 향해 돌아서지
않고 등을 보이고 있는 상태였다.

그만 눈물이 흘러내린 탓이다.

얼굴 피부가 아름답게 변한 것에 석기에게 너무 고맙기도
했지만, 미안한 마음도 컸던 탓이다.

가짜 연예인 비누 세안 후기.

그녀가 찍은 거짓 동영상으로 인해 석기의 회사에 피해 끼
친 것을 생각하자 자신이 너무 쓰레기처럼 여겨졌다.

비록 차 이사의 강압적인 태도에 의해 거짓 영상을 찍기는
했지만 결론적으로 그녀도 나쁜 짓에 한몫 가담한 셈이나 마
찬가지였다.

[신 대표님께 너무 미안해서 차마 고개를 돌릴 수가 없어. 나 같은 파렴치한 계집애는 죽어도 싼데.]

그렇게 과거에 대한 참회로 어깨를 들썩거리며 흐느끼는 그녀의 뒷모습에, 행사 홀에 자리한 이들이 술렁거리기 시작했다.

"뭐야? 권진아 씨 왜 저러지?"

"혹시 효과를 보지 못한 건가?"

"그렇다고 저렇게 운다고?"

"대체 왜 우는 건지 모르겠군."

"카메라를 봐야 진행이 될 텐데."

"이거 너무 궁금해서 미치겠네!"

석기는 권진아 속마음을 통해 그녀가 고개를 돌리지 못하는 이유를 알고 있었기에 침착하게 멘트를 진행했다.

"권진아 씨! 저는 권진아 씨가 이렇게 이벤트에 참가할 용기를 내주신 것만으로도 정말 감사하게 여기고 있습니다. 이곳에 모인 모두가 권진아 씨의 달라진 얼굴을 보고 싶어 합니다. 저희 유토피아에서 제작한 연예인 비누가 거짓이 아님을 알려 주시면 좋겠습니다."

권진아는 석기의 말을 듣고 그제야 감정을 추스르게 되었다. 지금 이러고 있는 것은 결코 석기를 위한 행동이 아님을 깨닫자 그녀는 손등으로 눈물을 닦아 냈다.

이벤트를 꼭 성공시켜야만 했다.

그녀를 도와준 석기를 위해서도.

스윽!

권진아가 몸을 돌렸다.

울어서 눈동자가 잔뜩 충혈이 되기는 했지만 카메라를 향한 그녀의 얼굴 피부는 세안을 하기 전과는 몰라볼 정도로 달라진 상태였다.

[대, 대박!]

[얼굴이 깨끗해졌어!]

[헉! 저게 말이 돼?]

[무슨 요술 비누도 아니고?]

권진아의 깨끗해진 얼굴 피부에 행사 홀에 모인 이들의 경악한 속마음이 들려왔다.

석기는 흡족히 웃었다.

예상한 결과였기에.

하지만 오늘 공개 체험 이벤트에서 권진아가 폭로할 내용이 아직 남은 상황이었기에 이대로 행사를 끝낼 수는 없었다.

"감사합니다! 여러분도 보다시피 권진아 씨 덕분에 〈연예인 1호〉 비누가 실화임을 확실하게 검증하게 되었습니다! 유토피아의 대표로서 그 점에 대해 진심으로 권진아 씨에게 감사드립니다!"

석기의 멘트에 이어 카메라가 깨끗하게 변한 권진아의 얼굴을 집중 조명했다.

석기의 멘트가 다시 이어졌다.

"권진아 씨! 방금 우신 이유를 물어봐도 될까요?"

"그건······."

"말씀하시기 곤란하면 말하지 않으셔도 됩니다."

"너무······ 꿈만 같아요. 제 얼굴이 이렇게 매끄럽게 변하다니 믿기지가 않아요."

"연예인 비누를 사용하시고 감격하여 우신 모양이군요."

"그것도 있지만······ 다른 이유로 눈물을 흘리게 되었어요."

"다른 이유로 눈물을 흘리셨다니 그 이유가 더욱 궁금해지는군요. 실례가 안 된다면 어떤 이유인지 들려주실 수 있을까요? 저만이 아니라 다른 사람들도 권진아 씨가 눈물을 흘린 이유가 궁금할 것이라 생각하거든요."

석기의 말에 권진아가 카메라를 똑바로 응시했다.

평범한 얼굴이지만 피부가 깨끗해진 상태가 되자 귀염성이 느껴지는 그녀의 분위기였다. 하지만 그녀의 동공은 결의로 가득했다. 이곳에서 진실을 밝힐 것임을.

"연예인 비누로 세안에 들어가기 전에 제가 말씀드린 것이 있습니다. 오늘 제가 공개 체험 이벤트에 참가한 정말 중요한 이유이기도 합니다. 그걸 지금부터 여러분께 솔직하게 밝힐 생각입니다."

행사 홀에 모인 이들이 권진아를 빤히 주시했다.

사람들은 그녀에게서 흘러나올 말이 무엇일지 너무 궁금했다.

"저는 얼마 전까지만 해도 명성화장품 공장에서 일하던 직원이었습니다. 한때 넙튜에 올라왔던 가짜 연예인 비누 세안 후기 영상. 눈을 모자이크 처리를 하긴 했지만 그 영상 속의 인물이 바로 저입니다."

순간 석기를 제외한 행사 홀에 자리한 사람들이 하나같이 경악한 표정을 짓고 말았다.

"넙튜에 올라왔던 가짜 영상이 권진아 씨가 찍은 거였다고?"

"어쩐지 분위기가 비슷하더라니."

"허어! 유토피아를 망하게 하려던 영상을 찍어 놓고 이벤트에 참가를 하다니, 대체 이게 무슨 일이야?"

"권진아 씨 할 말이 더 있는 모양이니 한번 들어 봅시다!"

생방으로 진행되는 이벤트 상황이었기에 당황한 사람들의 표정도 카메라에 잡히고 있었다.

어느 정도 사람들의 술렁거림이 가라앉아 권진아가 카메라를 향해 정중히 고개를 숙였다.

"정말 죄송합니다. 입에 열 개라도 할 말이 없습니다. 유토피아에 피해를 끼친 가짜 영상을 찍은 제가 이런 이벤트에 나온 것 자체가 파렴치한 짓임을 알고 있습니다. 하지만 오늘 이곳에 꼭 나와서 진실을 밝히고 싶었습니다. 그리고 비록 강압적인 분위기에 떠밀려서 가짜 비누 세안 영상을 찍게 되었지만, 그때 죽을 각오로 반항했어야 하는데 그러지 못한 제 자신이 너무 한심하고 부끄럽습니다. 뒤늦게나마 유토피아 대표님께 사죄를 드립니다. 죽을죄를 지었습니다. 공개 체험 이벤트에 뻔뻔스럽게 나온 것은 속죄의 의미이기도 합니다. 이번 일로 법의 심판을 받게 된다면 달게 받을 생각입니다."

권진아 말이 끝나자 석기의 멘트가 이어졌다.

"저는 권진아 씨를 벌할 마음은 전혀 없습니다. 자세한 내막을 밝힐 수는 없지만 이미 권진아 씨는 거짓 영상을 찍은 일로 충분히 벌을 받은 것으로 알고 있습니다. 그리고 아까도 말했다시피 저희 공개 체험 이벤트에 참가하기 위해서 용기를 내주신 권진아 씨께 진심으로 고맙게 생각합니다. 결코 쉽지 않은 일이었음에도 진실을 밝혀 주신 점에 대해선 박수를 보냅니다."

"으흐흑!"

석기의 말에 권진아가 울음을 터트리고 말았다.

그런 권진아를 향해 고개를 한번 끄덕여 준 석기가 다시 멘트를 이어 갔다.

"사실 오늘 저희 유토피아에서 행하는 공개 체험 이벤트에 권진아 씨 혼자서 참가하게 된 것은 이유가 있는 일이었습니다. 건물 로비에 이벤트에 참가할 사람들이 잔뜩 대기하고 있던 상황이었지만, 갑작스레 몰려든 조폭들이 난동을 부리는 바람에 로비에 모여 있던 사람들이 겁을 집어먹고 참가를 포기하고 다들 돌아가게 되었습니다. 다행히 건물 위층에 있었던 권진아 씨는 조폭들을 피해 이벤트에 참가할 수 있었던 거고요. 과연 누가 이런 짓을 지시했을까요? 그건 여러분의 판단에 맡기겠습니다."

✾

한편 명성기업 회장실.

"회장님의 지시대로 조폭들을 동원하여 제대로 깽판을 친 것이 효과를 봤습니다! 건물 로비에 모였던 이벤트 참가자들이 죄다 겁에 질려 돌아간 상태이니 이벤트는 무산되었을 겁니다!"

차 이사는 먼발치에서 조폭들이 건물 로비에서 난동을 피우는 장면을 지켜보다가 경찰들이 등장하자 다시 회사로 돌아왔다.

그것으로 이미 상황이 끝났다고 판단한 차 이사는 자신만만하게 오장환하게 보고했다.

"유토피아에서 난동을 부린 조폭들은 명성과는 전혀 상관이 없는 일로 처리해야 할 거야."

"그 점은 염려 마십시오. 보스 놈이 돈을 받아먹은 대가로 부하들의 입단속을 단단히 시킬 것을 약속했으니 절대 명성이 언급되는 일은 없을 겁니다. 그리고 약간의 기물파손은 있었지만 사람들에게 손을 대지 않도록 했으니 큰 문제는 없을 겁니다."

"하하하! 이거 십년 묵은 체증이 내려간 것처럼 속이 다 시원하군! 신석기 그 버러지 같은 놈이 큰소리를 땅땅 치더니 아주 꼴좋게 되었어!"

"유토피아 대표, 국민들에게 공개적으로 선포한 이벤트가 무산되었으니 아마 대중에 배 터지게 욕을 먹을 겁니다."

"지금쯤 SB방송국 〈진위 여부〉를 할 시간이겠군. 이벤트가 무산되었으니 거기에 나올 이유가 없겠지만 한번 확인해 보자고."

"알겠습니다."

오장환이 TV 리모컨을 눌렀다.

❈

SB방송의 〈진위 여부〉.

세간에서 화제가 되고 있던 내용 중에서, 대중의 의견이 분분한 이슈 거리를 놓고 진실을 규명하려는 의미로 기획한 토크쇼 형태의 프로그램이라 보면 되었다.

[시청자 여러분 안녕하세요! 〈진위 여부〉 사회를 맡은······.]

〈진위 여부〉 진행을 맡은 남녀 MC들이 나와서 먼저 인사를 했고, 프로그램의 분위기를 띄우기 위해서 약방의 감초 같은 역할을 맡은 출연진이 서로 웃으며 안부 인사를 주고받았다.

이때까지만 해도 오장환 회장의 입가에는 흡족한 미소가 머물러 있었고, 차 이사 역시 자신감이 넘치는 기색이었다.

하지만 바로 그때였다.

[오늘 저희 〈진위 여부〉에서는 요사이 세간에 화제가 되고 있던 연예인 비누에 관해서 진실을 규명할 것입니다!]

MC의 입에서 유토피아의 제품인 연예인 비누가 언급된 순간 오장환과 차 이사의 눈이 확 커졌다.

조폭들로 하여금 유토피아 행사를 망치게 만들어 공개 체험 이벤트가 무산이 되었다고 여겼는데, 뜻밖에도 〈진위 여부〉 프로그램에서 연예인 비누를 다루겠다고 나오니 어처구니가 없었다.

"이게 대체 무슨 일이야?"

"그, 그게 저도······."

"이벤트가 무산된 것이 아니었어?"

오장환의 노려보는 시선에 차 이사의 눈빛이 파르르 흔들렸다.

그때 〈진위 여부〉 진행을 맡은 MC들의 멘트가 이어졌다.

[오늘 유토피아에서 공개 체험 이벤트를 했다고 하죠?]

[네! 저도 그렇게 알고 있습니다만, 안타깝게도 조폭들로 보이는 이들이 참가자들이 대기하고 있던 로비로 몰려와 난동을 부리는 바람에, 이벤트에 딱 한 명만이 참가하게 되었다고 합니다.]

이벤트에 참가한 인원이 딱 한 명이라는 MC의 말에 오장환의 격해진 감정이 약간 누그러지긴 했지만, 이벤트가 무산된 것이 아닌 점에 여전히 차 이사는 좌불안석이었다.

[인원수가 중요한 것은 아니죠. 딱 한 명이 공개 체험 이벤트에 참가를 했지만, 연예인 비누에 대한 진실을 규명하는 일은 아무런 문제가 없다고 봐도 좋을 겁니다.]

[맞습니다! 그럼 저희 SB방송국 촬영팀이 이벤트 행사장에서 직접 찍어서 보내 준 영상을 시청자 여러분들과 함께 확인해 보도록 하겠습니다.]

장면이 바뀌고 MC들 대신 이번엔 단상에 오른 준수한 석기의 모습이 TV 모니터에 비추었다.

[유토피아 대표 신석기입니다! 제가 국민 여러분께 제안했던 연예인 비누 공개 체험 이벤트는 피치 못할 사정으로 참가자가 단 한 분밖에 참여를 하지 못한 상태입니다! 하지만 참가자 분이 한 분뿐이라고 해도 이벤트는 차질 없이 그대로 진행할 생각입니다! 저희 유토피아 비누를 사용한 참가자 분의 얼굴이 어떻게 달라지는지 한번 지켜보시죠!]

석기의 멘트가 끝난 순간 마스크를 착용한 여자가 화면에 비추었다.

[권진아 씨! 유토피아 연예인 비누 공개 체험 이벤트에 참가해 주신 점, 진심으로 감사하게 생각합니다! 저희 이벤트에 참가하신 특별한 이유가 있으신가요?]
[네! 있습니다! 연예인 비누를 사용해서 정말 제 피부가 좋아질 수 있는지도 궁금하긴 하지만, 그것보다 대중에 밝힐 중요한 얘기가 있어서 이렇게 이벤트에 참가하게 되었습니다!]

단 한 명이 참가한 연예인 비누 공개 체험 이벤트에 등장한 여자의 이름이 '권진아'란 사실에 차 이사의 심장이 덜컹 내려앉고 말았다.
넙튜에 올렸던 가짜 비누 영상.
그것을 찍었던 공장 여직원 이름이 바로 권진아였다.

게다가 권진아가 대중에 밝힐 중요한 얘기가 있다고 한다.

하지만 오장환은 여직원 이름을 기억하지 못하고 있었고, 그녀가 마스크로 얼굴을 가린 상태였기에 명성과 연관이 있는 인물일 것이라곤 미처 생각지 못하는 눈치였다. 그저 무산되었다고 여긴 이벤트가 이렇게 진행된 것에 분하다는 기색만이 역력했다.

'제발, 다른 사람이기를!'

차 이사의 속이 바짝 타들어갔다.

중국으로 빼돌린 권진아.

실은 그녀를 처리하란 오장환의 지시가 있었지만, 그곳의 감시원으로 붙여 놓은 해결사에게 그걸 전달만 해 놓고 돌아가는 상황에 대해 체크하지 못한 상태였던 탓이다.

한편으론 구민재 납치소동과 유토피아 이벤트로 인하여 정신이 없던 탓도 컸다.

그리고 권진아 감시자로 붙여놓은 해결사에게 이렇다 할 연락이 없다는 점도 불안했다. 만일 감시자가 제대로 일을 완수했다면 권진아가 이벤트에 참가할 이유가 없었다.

그렇다는 것은 감시자가 권진아 처리에 실패했다는 의미일 터.

'대체 권진아가 어떻게 한국으로 돌아온 것이며, 이벤트는 어떻게 참가하게 된 것이지?'

권진아가 착용했던 마스크를 벗었다.

차 이사의 표정이 확 일그러졌다.

'젠장! 가짜 비누 영상을 찍었던 권진아가 분명해.'

권진아 얼굴을 확인한 차 이사는 지금 자리가 가시방석이었다. 아직 오장환은 그녀의 실체를 모르는 상황이지만, 아까 그녀가 이벤트에 참가한 이유 중에서 밝힐 중요한 애기가 있다는 것은 필시 넙튜에 올렸던 가짜 영상에 대해 폭로를 할 것이 뻔했기에 말이다.

'그렇게 되면 오 회장은 모든 책임을 내게 떠넘기려 하겠지.'

차 이사가 입술을 꽉 깨물었다.

안 그래도 요즘 오장환이 차 이사를 대하는 기색이 점점 차가워지고 있던 터였다.

그래서 오장환 모르게 그도 나름대로 대책을 마련하고 있긴 했다.

팽을 당하는 순간 자칫 목숨이 위험할 수도 있었기에.

❈

여기는 청담동 카페.

그곳에 모인 3명의 여자들.

셋 다 얼굴 피부가 좋은 편은 아니었다.

그녀들은 오늘 유토피아에서 주관하는 공개 체험 이벤트

에 참가하고자 했지만, 갑작스레 나타난 조폭들로 인해 이벤트에 참가하지 못하고 밖으로 도망쳐 나왔다.

그런데 그녀들만이 아니라 건물 로비에 있던 사람들도 죄다 밖으로 뛰쳐나온 상황이었기에, 오늘 이벤트는 무산되었을 것이라 여겼다.

그랬는데 그게 아니었다.

SB방송국의 〈진위 여부〉란 프로그램에 유토피아 이벤트에 관한 내용이 나오고 있는 것이다. 그녀들은 놀란 기색으로 핸드폰을 들고 방송에 집중했다.

"헐! 이벤트에 참가한 사람이 있었다니?"

"고작 한 명 가지고 이벤트 진행이 가능할까?"

이벤트 참가자 이름은 권진아.

마스크를 벗은 그녀 모습에 여자들이 인상을 찌푸렸다.

"헐! 상태가 너무 심하잖아?"

"저런 얼굴이면 어떡하든지 죽기 살기로 이벤트에 참가할 수밖에 없었겠네."

"인정! 근데 연예인 비누가 아무리 효과가 좋다고 해도 저 정도의 얼굴까지 치유시켜 줄 수 있을까?"

"그래도 혹시 모르지."

"근데 유토피아 대표! 완전 내 취향인데? 흐흐!"

"존잘 인정!"

"저런 남자랑 데이트 한번 해 보면 원이 없겠다."

"나도! 히히!"

"어? 드디어 세안하나 본데?"

여자들은 이벤트 사회를 맡은 석기를 입에 올렸다가 권진
아가 연예인 비누로 세안하는 장면이 나오자 다들 입을 꾹
다물고 집중하기 시작했다.

그렇게 세안을 마친 권진아가 무슨 이유인지 잠시 흐느끼
다가 드디어 얼굴을 오픈하게 되는 장면에 이르자, 여자들의
입에서 경악한 탄성이 흘러나왔다.

"대박! 피부가 확 달라졌어!"

"얼굴 피부가 완전 깨끗해!"

"눈으로 보고도 믿을 수 없어!"

"혹시 저거 트릭 아닐까?"

"그럴 리가. 〈진위 여부〉는 트릭 같은 거 안 쓰잖아."

"하긴 그건 그렇지."

"그럼 비누가 실화라는 거네?"

"완전 대박이다!"

"가만있어 봐. 이벤트 참가자가 뭔가 중요한 걸 밝히려나
본데?"

"응? 뭐래?"

"전에 넙튜에 올린 가짜 연예인 비누 세안 후기. 그거 올
린 여자라고 하는데?"

"헐! 미친! 그럼 넙튜 영상이 명성에서 올린 짓거리라고?"

"조폭들이 깽판 친 것도 명성에서 벌인 짓이겠고?"

"하! 안 봐도 비디오네! 연예인 비누가 잘나가는 것이 싫어서 그걸 밟아 주려고 벌인 수작이라는 거잖아?"

SB방송국의 〈진위 여부〉가 끝나자 곧바로 KJ케이블에서도 유토피아 이벤트에 관한 내용이 보도가 되었다.

또한 유토피아 이벤트에 참가했던 기자들도 이런 분위기에 편승하듯이 앞 다투어 인터넷에 기사를 올리기 시작했다.

한편, 방송과 기사를 본 대중.

연예인 비누를 사용하자 흉했던 얼굴이 금방 피부가 달라진 것에 대중의 반응이 어마어마했다.

　-연예인 비누 실화로 밝혀지다!

　ㄴ완전 대박!

　ㄴ레알 깜놀했다!

　ㄴ이건 진짜 마법 같아요!

　ㄴ비누 효과 백퍼 실화임!

　ㄴ연예인 비누 꼭 사고 말 것임!

　ㄴ이제 이틀만 참으면 연예인 비누 갤로리아에 입점한다!

　ㄴ입점하자마자 달려갈 것임!

그리고 넙튜에 올라왔던 가짜 비누 영상.

그곳에 나온 인물이 바로 권진아라는 점.

그것도 명성의 관여가 있을 것이라는 점.

　　연예인 비누에 대한 관심 못지않게 그것도 뜨거운 화제가
되었다.

　　　－가짜 비누 영상 주인공 밝혀짐!

　　　ㄴ헐! 유토피아 이벤트 참가자가 넙튜에 올린 가짜 비누 동영상
의 주인공이었다니?

　　　ㄴ명성에서 한 짓이 분명하다!

　　　ㄴ죽일 놈들! 신생 업체를 매장하려다가 뒤통수를 맞은 꼴이군!

　　　ㄴ이벤트를 무산시키려 조폭들을 동원까지 했다니 인간쓰레기다!

　　　ㄴ오늘 유토피아 이벤트 참가하려고 갔던 사람인데 조폭 무서워
서 도망쳤어여ㅠㅠ

　　　ㄴ저도요! 얼굴 비추면 죽인다고 해서 뒤도 안 돌아보고 나왔는
데 버텨 볼 걸 그랬나 봐요ㅠㅠ

　　분노한 대중이 들고 일어섰다.

　　　－명성 제품 불매 운동 벌입시다!

　　　ㄴ추천! 그런 파렴치한 짓을 하는 곳에서 만든 화장품을 썼다간
얼굴이 썩을 것만 같다!

　　　ㄴ앞으로 명성제품 절대 사지 않을 것임!

　　　ㄴ대중 속이려다 벌 받을 것임!

└명성 신제품 스킨 커버! 소문엔 가격만 진탕 올리고 품질은 그 대로라는 말이 있던데여~

＊

청담동 오피스텔.

석기는 권진아를 오피스텔로 데려왔다. 박창수가 사용하던 오피스텔을 당분간 권진아가 머물게 할 생각이다. TV에 얼굴이 공개된 이상 혼자 두었다간 무슨 일이 벌어질지 몰랐기에 말이다.

"창수는 저랑 자면 되니까 그 오피스텔을 권진아 씨가 사용하도록 하세요."

"계속해서 민폐만 끼쳐서 정말 죄송해요."

"아닙니다. 권진아 씨 덕분에 오늘 이벤트를 진행할 수 있게 되었는데요. 권진아 씨가 아니었더라면 대중과 한 약속을 어긴 것에 우리 회사의 이미지가 크게 추락했을 겁니다. 그럼 오늘은 편히 쉬고 내일 다시 권진아 씨의 앞날에 대해 얘기를 나누도록 하죠."

"네에, 그럴게요."

권진아를 박창수 오피스텔에 안내했던 석기는 박창수를 데리고 그의 오피스텔로 들어왔다.

참으로 정신없는 하루였다.

새벽에는 납치된 구민재를 구하느라 정신이 없었고, 오후에는 이벤트 행사를 하느라 분주했다. 참고로 구민재는 행사가 끝나자 구 노인이 기다리고 있는 양평으로 돌아갔다.

"맥주나 한잔 할까?"

"그게 좋겠다."

거실 테이블에 캔 맥주와 마른안주를 세팅했다.

석기는 박창수와 공개 체험 이벤트가 무사히 끝난 것에 대해 간단하게 건배를 했다.

"오늘 수고 많았다!"

"나보다 석기 네가 고생했지."

"오장환도 TV를 봤겠지?"

"봤으면 지금 완전 난리이겠군."

"이번에도 누군가 대타를 내세워 법망을 피해 가려고 할거야."

"아까 핸드폰으로 살펴봤는데 우리 실검 1위 먹었더라. 연예인 비누가 1위! 그리고 2위가 권진아 넙튜 영상! 3위가 유토피아 대표던데? 그리고 10위에 명성제품 불매 운동을 차지했고. 완전 대박이지?"

"그러게."

실검 1위부터 10위까지.

전부 오늘 연예인 비누 공개 체험 이벤트와 관련한 내용으로 도배가 되다시피 했다.

겔로리아 입점을 이제 이틀을 남겨 놓은 상황에서 이번 공개 체험 이벤트는 유토피아의 등에 날개를 달아 준 셈이 되었다.

❀

   퍼억! 와장창!
   오장환이 골프채를 휘둘렀다.
   〈진위 여부〉 방송이 끝나고 인터넷에 올라온 기사를 보고 나서 그만 이성을 상실한 것이다.
   난장판으로 만들어진 사무실의 한 곳에 피를 흘린 채 널브러진 차 이사가 신음을 흘리고 있었다.
   "으윽!"
   오장환에게 얻어맞는 차 이사다.
   이마가 찢어지고 몸의 여기저기를 골프채로 실컷 두들겨 맞았다.
   그것으로도 분한 감정이 풀리지 않자 이젠 사무실 집기를 박살 내며 난장판으로 벌이고 있었다.
   그러던 바로 그때.
   "고, 고정하십시오, 회장님!"
   비서실장 남기택이었다.
   회장실에서 들려온 살벌한 소음에 밖에서 대기하고 있던

비서실장 남기택은 이쯤이면 들어가도 되겠다고 생각했는지 안으로 들어와 오장환을 말리게 되었다.

그런 남기택 덕분에 간신히 격한 감정을 추스르긴 했지만 눈빛에 광기가 다분한 오장환이 남기택에게 차 이사의 처리를 지시했다.

"남 실장! 당장 저놈을 끌고 나가 바다에 물고기 밥으로 던져 버려! 능력도 없는 놈에게 더는 자비를 베풀 이유가 없어!"

오장환의 지시에 남기택이 흘끗 바닥에 널브러진 차 이사의 상태를 살피듯 쳐다봤다.

그런 남기택의 눈빛은 동정심 따위 전혀 찾아볼 수 없었다. 오히려 차 이사가 당한 것을 속으로 기쁘게 생각하고 있었기에 말이다.

"회장님! 차라리 바다에 던져 버리는 것보단 이번 사건을 책임지게 하시는 것이 좋지 않겠습니까?"

"저놈이 책임지게 한다?"

"오늘 유토피아 이벤트를 방해하고자 조폭들과 접촉한 것도 차 이사가 단독으로 벌인 짓이고, 전에 넙튜에 올린 가짜 비누 영상도 차 이사가 맡은 일이지 않습니까?"

"그야 그렇지."

"갤로리아 입점이 이제 이틀밖에 남지 않은 상황인데 이번 소동이 길어질수록 회사의 이미지에도 좋지 못할 겁니다. 그

러니 서둘러 차 이사로 하여금 뒷정리를 하시는 편이 회사를
위해서도 좋겠다고 생각합니다."

하긴 이번 소동을 잠재울 대타가 필요하긴 했다. 감정이
격해져 차 이사를 바다에 던져 버리라는 지시를 내렸지만,
남기택의 말에 오장환의 눈빛이 야비하게 번쩍였다.

"그것도 괜찮겠군. 그럼 기자들에게 차 이사가 과잉 충성
심에서 단독으로 일을 벌인 것으로 정보를 흘리도록 해."

"그리 하겠습니다."

"그럼 이곳의 일은 남 실장이 알아서 정리하도록 하지."

"알겠습니다, 회장님!"

오장환이 들고 있던 골프채를 바닥에 내던지곤 외투를 걸
치고 회장실에서 빠져나갔다.

스윽!

남기택은 바닥에 널브러진 차 이사를 바라보며 회심을 미
소를 머금었다. 차 이사가 차지했던 오장환의 측근 자리를
이제 남기택이 차지하게 된 것이다.

"차 이사님! 회장님 나가셨으니 그만 일어나시죠. 그 정도
로는 죽지 않을 겁니다."

"비, 빌어먹을! 끄응!"

남 실장의 말에 피투성이로 바닥에 쓰러졌던 차 이사가 휘
청거리며 일어섰다. 골프채로 가격당한 이마가 찢어져 피가
흐르고 있고 몸의 여기저기가 욱신거리고는 있지만 다행히

팔다리는 멀쩡했기에 움직이는 데는 지장은 없었다.

"좀 전에 저와 회장님이 나눈 얘기 모두 들었을 테니 길게 얘기하지 않겠습니다. 전에 넙튜에 올린 가짜 비누 영상 건과, 오늘 유토피아에 동원한 조폭 건에 대해선 차 이사님이 회사를 위한 과잉 충성심에서 혼자서 저지른 것으로 처리하는 것이 좋을 겁니다."

"날 제물로 사용하겠다 이거군."

차 이사의 조소에 남 실장이 인상을 찡그리며 응대했다.

"회장님 성격 잘 아시지 않습니까? 일을 실패한 것에 대해선 어차피 누군가가 책임져야 하지 않겠습니까? 그것이 싫다면 바다의 물고기 밥이 될 수도 있을 겁니다."

"자네는 내가 오 회장에게 팽을 당한 것이 아주 즐겁다는 기색이로군."

"그럴 리가 있겠습니다. 저도 어차피 차 이사님과 같은 처지인 것을 잘 알고 있습니다."

"그걸 알고 있다니 다행이군. 자네도 조심해야 할 거야. 투 아웃! 두 번은 봐줘도 절대 세 번까지는 참지 못하는 양반이니까."

"유념하고 있으니 걱정 마십시오. 그럼 내일부터 검찰 조사를 받으셔야 할지도 모르니 오늘은 이만 들어가시는 것이 좋겠습니다. 가시는 길에 병원 응급실에서 이마를 치료받으세요."

"그러지."

"그리고 이건 차 이사님을 위해서 하는 말인데요. 혹여 회
장님을 배신할 생각을 갖고 있다면 포기하는 편이 좋을 겁
니다."

"그게 무슨 말이지?"

"그건 차 이사님이 더 잘 알고 있지 않습니까?"

남 실장이 의미심장한 눈빛으로 차 이사 얼굴을 지그시 주
시했다. 마치 무엇인가 알고 있다는 듯이 여겨지는 그런 눈
빛이기도 했다.

괜히 찔린 구석이 있던 차 이사가 시선을 돌렸다.

"무슨 소리인지 모르겠군. 그만 병원에나 가 봐야겠어."

"함께 병원에 가 드릴까요?"

"됐어. 그쪽은 회장님이나 신경 쓰지 그래."

차 이사가 비틀거리는 몸짓으로 회장실에서 나왔다.

회장실에서 더는 차 이사의 모습이 보이지 않을 때까지 한
자리에 서 있던 남 실장의 눈빛이 야비하게 번들거렸다.

❈

부르릉-!

차를 몰고 거리로 나온 차 이사.

일단 병원 응급실부터 찾았다.

오장환이 휘두른 골프채에 이마가 찢어진 상태였기에 응급실에서 치료를 받았다. 열 바늘이나 꿰맬 정도로 제법 큰 상처였다.

　그렇게 병원을 나온 차 이사는 집으로 돌아가지 않고 유토피아가 있는 방향으로 차를 몰기 시작했다.

　끼이익!

　유토피아 건물 근처에 이르자 차를 세우고는 트렁크에 보관하고 있던 USB를 꺼냈다.

　USB를 꽉 거머쥔 차 이사.

　앞서 비서실장이 인천항 부두에서 죽은 것처럼 언젠가는 그도 오장환에게 팽을 당할지도 모른다는 생각에 그것에 대비를 하게 되었다.

　USB 안에는 넙튜에 올렸던 가짜 비누 영상에 대한 것과, 오늘 유토피아 이벤트를 망치고자 조폭들을 동원했던 것에 대해 오장환이 차 이사에게 지시를 내린 대화 내용이 담겨 있었다.

　'절대 혼자 죽지는 않을 것이다!'

　차 이사가 이를 빠득 갈아 댔다.

　정보를 넘길만한 마땅한 인물로 머릿속에 한 인물이 떠올랐다.

　유토피아 대표 신석기.

　그에게 USB를 넘길 작정이다.

오장환을 한 방 먹이기 위해선 최적의 인물이기도 했다.

그가 핸드폰 통화 버튼을 눌렀다.

❀

한편 석기의 오피스텔.

SB방송 〈진위 여부〉에서 유토피아에서 진행한 이벤트가 보도된 덕분에 이제 연예인 비누가 실화로 밝혀진 셈이었다. 해서 석기는 박창수와 함께 즐겁게 캔 맥주를 마시고 있던 상태였다.

웅웅!

핸드폰이 진동음을 토해 냈다.

모르는 번호였지만 방송국에서 걸려온 전화일지 모른다고 생각하여 석기가 전화를 받았다.

박창수의 궁금해 하는 눈빛을 보고 석기는 피식 웃으며 일부러 스피커 버튼을 눌렀다.

-안녕하세요. 저는 명성기업에서 이사 직함을 달고 있던 차정학이라고 합니다.

뜻밖에도 명성과 관련한 인물의 전화였다.

곁에 있던 박창수 눈이 커졌다.

석기는 침착하게 상대와 통화를 나눴다.

"명성의 이사님께서 제게 무슨 일로 연락을 하신 거죠?"

-늦은 시간에 죄송하지만 신석기 대표님을 잠시 만났으면 해서 연락드렸습니다. 지금 저는 유토피아 건물 맞은편 도로에 차를 세워 놓고 있는 상태입니다. 앞에 편의점이 있으니 찾기 쉬울 겁니다.

석기도 아는 위치였다.

게다가 석기가 거주하는 오피스텔은 회사 근방이었기에 걸어가도 5분이 채 걸리지 않을 터였다.

하지만 명성에 다니는 사람이 왜 석기를 만나려는 것인지 의문이 일었다.

"흐음, 어떤 이유로 저를 보자는 건지는 몰라도 명성과 연관된 분이신데 만나기가 그렇군요."

-신석기 대표님께 꼭 전해 드릴 물건을 제가 소지하고 있습니다.

"제게 전할 물건이라고요?"

-네! 저도 대표님을 만나는 일이 쉽지 않은 결정이었음을 알아주셨으면 합니다.

"대체 어떤 물건인데 그러죠?"

석기의 질문에 차 이사의 속마음이 들렸다.

[USB 안에 오장환 회장이 유토피아를 방해하기 위해 지시한 내용이 담겨 있는 상태다. 이걸 택배로 보내는 것보단 직접 신 대표를 만나서 건네주는 편이 안전할 거야.]

잠시 침묵을 유지했던 차 이사.

-그건 직접 만나서 말씀드리겠습니다.

"만나서요?"

-이걸 받고 나서 폐기처분을 하시든 이용을 하시든 그건 신석기 대표님 마음대로 하셔도 상관없습니다. 그럼 전 신석기 대표님이 오실 때까지 차 안에서 기다리고 있겠습니다.

"좋습니다. 지금 나가면 넉넉잡아 10분 정도 걸릴 겁니다."

-차 안에서 기다리고 있겠습니다. 차량 번호는……

차 이사와 통화가 끝났다.

석기는 차 이사의 속마음을 통해 그가 석기에게 주려는 것이 무엇인지 알고는 있었다.

어쩌면 유토피아에 해를 가하려는 오장환을 압박할 훌륭한 증거 자료가 되어 줄 수도 있을 것이란 생각에 살짝 흥분이 되기도 했다.

물론 한편으론 명성의 간부급인 차 이사가 왜 그걸 석기에게 주려는 것인지 의혹도 없지 않았다.

하지만 이곳까지 차 이사가 찾아왔다는 것에 그에게 뭔가 급박한 일이 생겼음을 의미하기도 했다.

그러자 곁에서 차 이사와의 통화 내용을 모두 들은 박창수가 흥미를 보였다.

"명성의 차 이사가 왜 우리에게 자료를 건네려는 것일까?"

"어쩌면 오장환에게 팽을 당한 것이 아닐까 싶어."

"오장환에게 팽을?"

"그렇지 않고서 오장환에게 불리할 증거 자료를 우리 손에 넘길 리가 없지 않겠어?"

"근데 혼자 가도 괜찮겠어?"

"걱정 마. 바로 앞인데 뭐."

"그래도 조심해."

"알았어."

외출복으로 갈아입은 석기가 오피스텔에서 나왔다.

◇

운전석에 자리한 차 이사.

차 이사가 USB를 석기에게 건네려는 것은 일종의 오장환에 대한 복수였다.

차 이사로선 너무 억울했다.

그동안 오장환의 지시를 최선을 다해 따랐지만 결과가 원하는 대로 나오지 않았다는 것에 모든 책임을 차 이사에게 돌리려고 하고 있었다.

심지어 오장환이 휘두른 골프채로 이마까지 깨진 상태였고, 남 실장이 있는 자리에서 바다에 던져 물고기 밥으로 만들라는 소리까지 나왔다.

즉, 갈 데까지 갔다는 의미였고, 차 이사를 버린 패로 여기겠다는 선포나 다름없었다.

그런 상황에서 명성을 위해서 모든 책임을 떠안고 감방에 들어갈 생각을 하니 너무 분했다.

해서 이런 일이 있을 경우를 대비하여 준비한 증거 자료를 유토피아 대표에게 넘기려는 것이다.

'어차피 이판사판! 팽당한 순간 이미 죽은 목숨이나 마찬가지! 죽을 때 죽더라도 오장환 회장에게 엿이라도 먹이고 죽어 버리자!'

그러던 바로 그때였다.

빠아아앙!

맞은편에서 다가오는 덤프트럭 한 대가 갑자기 중앙선을 이탈하더니 차 이사가 타고 있는 차를 향해 맹렬히 돌진해 왔다.

'설……마?'

차 이사의 머릿속에 떠오른 인물.

오장환이 배신하려는 차 이사의 행동을 눈치채고 교통사고로 처리하려는 것이 분명했다.

콰아앙!

미처 차에서 빠져나오지 못한 차 이사는 그대로 달려드는 덤프트럭에 처박혀서 그 자리에서 즉사하고 말았다.

늦은 밤에 벌어진 대참사.

근처의 편의점 아르바이트생이 사고 장면을 목격하고 다

급히 119에 전화를 걸었고, 주위를 지나가던 행인들도 걸음을 멈추고 경악한 표정으로 이곳을 주시했다.

"헉!"

차 이사를 만나고자 밖으로 나온 석기도 마침 사고 현장에 도착했다. 간발의 차이로 벌어진 사고였다.

그런데 차 이사가 언급했던 편의점 앞에 세워진 차가 딱 한 대라는 점이었다.

'차량 번호가…….'

차 이사가 언급했던 차량 번호다.

차체가 반쯤 찌그러진 상태였고, 운전석에 타고 있던 사내는 이마에 붕대를 감은 상태였는데, 머리와 얼굴 쪽이 피로 범벅 된 상태였다.

삐뽀삐뽀!

구급차 사이렌 소리가 들렸다.

주위로 다가온 구급대원들이 사고를 당한 운전석의 사내를 차 밖으로 끄집어냈다.

뒤따라온 의사가 사내를 살펴보더니 힘없이 고개를 저어 댔다.

구급대원들은 들것에 시신을 실어 구급차로 이동했다.

바로 그 순간.

투욱.

바닥으로 떨어진 물체.

그것이 우연처럼 석기의 발 근처로 떨어졌다.

그가 USB를 주웠다.

❋

강남의 룸살롱.

젊은 여자들을 옆에 끼고 술을 마시고 있던 오장환의 곁으로 비서실장 남기택이 다가와 정중히 고갤 숙였다.

남 실장의 등장에 오장환이 여자들을 밖으로 물렸다. 지금부터 남 실장과 나눌 얘기는 누가 들어서 좋을 턱이 없었기에 말이다.

그렇게 실내에 단둘이 남게 되자 오장환이 양주잔을 테이블에 내려놓고는 남 실장의 얼굴을 의미심장한 눈빛으로 쳐다봤다.

"어떻게 되었어?"

"차 이사는 그 자리에서 즉사했습니다."

"덤프트럭 운전기사의 입단속은 시켰겠지?"

"물론입니다. 딸아이 수술비가 급하게 필요한 상황이니 절대 발설하지 않을 겁니다."

급전이 필요한 덤프트럭 기사를 사주하여 차 이사를 처리토록 지시한 오장환이지만 죄책감 따위 전혀 찾아볼 수 없었다. 물론 그 점은 남 실장도 마찬가지였다.

"신석기 그놈은 어떻게 되었지?"

"차 이사가 죽어 버린 바람에 만나지 못했을 테니 그냥 허탕치고 돌아갔을 겁니다."

"그렇다면 건진 것이 없겠군."

"아마 그럴 겁니다."

이들은 석기가 운 좋게 차 이사가 넘기려던 USB를 바닥에서 주운 것을 알지 못했다.

그랬기에 두 사람은 석기가 차 이사를 만나지 못하고 허탕을 치고 돌아간 것으로 여겼다.

"본래 차 이사를 검찰에 보내서 이번 일을 덮어씌울 계획이었지만, 그놈이 나를 배신한 것을 알게 된 이상 살려 둘 수 없었네."

"모두 이해합니다. 은공도 모르고 회장님을 배신한 차 이사가 나쁜 놈이죠. 그런 일을 당한 것은 모두 자승자박이라 생각합니다."

남 실장의 태연한 태도에 오장환이 씩 웃었다.

"어차피 죽은 놈은 말이 없는 법이지."

"그건 그렇습니다. 그리고 오히려 차 이사가 죽은 것이 더 잘되었습니다. 혹여 검찰에서 발뺌해도 곤란했는데, 죽어서 입을 벙긋하지 못하게 되었으니 이렇게 되면 원하는 시나리오를 마음대로 꾸밀 수 있을 테니까요."

"내일 조간신문에 기사가 나올 수 있도록 오늘 안으로 시나리오를 짜서 기자들에게 넘기도록 해."

오장환 말에 남 실장 눈빛이 반짝였다.

"회장님! 이런 시나리오는 어떻겠습니까?"

"어떤 내용인지 말해 봐."

"차 이사가 과잉 충성심에 단독으로 일을 벌여 회사에 막대한 피해를 끼친 것에도 불구하고, 회장님께서 자비를 베풀어 죽은 차 이사의 장례식을 거하게 치러 주신다는 식의 기사도 괜찮을 듯싶은데요."

"흐음! 그거 괜찮군!"

"그럼 그런 콘셉트로 기자들에게 자료를 넘기겠습니다."

"그래, 차 이사 빈소를 준비하는 것은 남 실장이 수고를 좀 해야겠어."

"걱정하지 마십시오. 저세상으로 떠난 차 이사가 섭섭해 하지 않도록 신경 쓰겠습니다."

오장환은 흡족히 웃었다.

확실히 차 이사에 비해선 눈치도 빠르고 수완도 좋은 남 실장이었기에 측근으로 부려 먹기 적당했다.

하지만 사람을 믿지 못하는 오장환 성격이었기에 남 실장에 대해서도 입단속이 필요했다.

"이번 일은 남 실장이 무덤에 들어갈 때까지 비밀로 해야 할 걸세."

"물론입니다, 회장님! 차 이사는 술 취한 운전기사가 모는 덤프트럭에 치여서 목숨을 잃었을 뿐입니다."

한편 석기 오피스텔.

석기를 통해 차 이사가 교통사고를 당해서 죽었다는 소식을 듣고 크게 놀란 박창수의 기색이었다.

"그럼 차 이사를 만나지 못했겠네."

"그래, 내가 그곳에 도착한 순간 이미 교통사고가 일어난 상황이었으니."

"이건 우연이라고 보기엔 뭔가 수상해. 아무래도 차 이사가 죽은 것이 오장환이 관여가 되었을 것이 분명해."

"나도 그런 생각이 들어. 아니면 하필 나를 만나고자 이곳까지 찾아온 차 이사가 그렇게 죽은 것이 납득이 되지 않아. 평소 덤프트럭이 잘 다니는 곳도 아닌데 난데없이 술 취한 운전기사가 모는 덤프트럭이 차 이사가 탄 차를 덮치다니. 이건 필시 의도된 사고일 거야."

석기와 박창수는 격해진 감정으로 둘 다 얼굴이 붉게 달아올랐다. 특히 석기는 직접 사고현장을 목격했기에 충격이 더욱 컸다. 그를 만나고자 근처까지 찾아왔던 차 이사가 죽은 것이니 마음이 편할 리가 없었다.

"젠장! 만일 이게 정말 오장환 짓이라면 악마가 따로 없어! 어떻게 사람을 덤프트럭으로 치어 죽일 생각을 다하지?"

"오장환은 창수 네가 생각하는 것보다도 훨씬 악독한 사람
이야. 사람 목숨을 파리 목숨보다도 못하게 생각하는 살인마
나 다름없지."

석기의 눈빛이 차갑게 가라앉았다. 회귀 전에 오장환과 오
세라에게 배신을 당하여 야산에 파묻혔던 그였기에 누구보
다 오장환의 잔혹한 성격에 대해 익히 알고 있었다.

원하는 것이 있으면 수단과 방법을 가리지 않고 손에 넣고
자 했고, 부리는 측근들이 이용 가치가 떨어지면 가차 없이
처리하곤 했던 것이다.

"덤프트럭 운전기사는 왜 그런 짓을 했을까?"

"뭔가 사연이 있겠지만 결국 돈이 목적이었겠지."

"그렇다면 사주 받은 것을 실토하지 않겠군."

"아마 그럴 거라고 생각해."

"그럼 이제 차 이사도 죽고 덤프트럭이 차 이사 차까지 박
살을 내버렸으니 증거 자료도 사라진 셈이 되겠네."

박창수의 말에 석기가 피식 웃었다.

그런 석기의 태도를 박창수가 의아한 눈으로 쳐다보다, 눈
빛을 빛내며 물었다.

"너, 뭐 건진 게 있구나?"

"응."

"뭔데?"

"보여 줄까?"

"뭔데 그래?"

재촉하는 박창수를 웃으며 바라보던 석기.

탁!

그가 주머니에 들어 있던 물건을 꺼내 테이블에 내려놓았다.

USB였다.

아직 안의 내용을 확인해 보지 못한 상태이나 석기가 사건 현장에서 주운 USB였기에 차 이사가 석기에게 건네고자 했던 증거 자료가 분명했다.

"USB 아냐? 저거 어디서 난 건데? 죽었다는 시신이 벌떡 일어나서 저걸 석기 네게 줬을 리는 없을 테고."

박창수가 놀라 석기를 쳐다봤다.

석기가 그곳에 도착한 순간 이미 차 이사는 죽은 상태였다. 그런 상황에서 뭔가를 석기에게 건넨다는 것을 불가능했기에.

"사건 현장에서 주운 거야."

"사건 현장에서?"

"구급대원들이 구급차에 시신을 옮기던 도중, 차 이사가 소지하고 있던 이것이 내가 서 있는 바닥으로 운 좋게 떨어졌어."

"하아! 진짜 운발 오지네!"

"동감! 내가 생각해도 운발이 오지긴 하지. 그 타이밍에서 어떻게 딱 내 앞으로 저게 떨어진 건지 아직도 믿기지가 않지만."

박창수가 갑자기 생긴 의문에 석기에게 물었다.

"명성에선 저걸 모르는 걸까?"

"차 이사가 USB를 넘기려는 것까지는 모르고 있을 수도 있어. 그냥 나를 만나서 정보를 넘기려는 것으로 생각하고 있었을 거야. 그리고 설령 있다고 생각한다 해도 내가 차 이사를 만나기 전에 이미 차 이사는 죽은 상황이었으니 그걸로 끝났다고 여기겠지."

"그렇다면 얼른 저걸 살펴보는 것이 좋겠다. 명성의 오장환이 발뺌하지 못할 훌륭한 증거 자료가 들어 있을 수도 있을 테니까."

"그러자."

두 사람은 USB를 확인했다.

실로 놀랍게도 USB 안에는 명성의 오장환 회장이 차 이사에게 지시한 내용이 담겨 있었다.

−대중은 그저 동영상을 보게 되면 유토피아 비누가 허위라고 여기게 될 거야. 사주한 인물은 동영상을 찍고 나서 해외로 보내 버리면 감쪽같을 걸세. 설령 유토피아에서 우리를 걸고넘어진다고 해도 오리발을 내밀면 되네.

─보스 놈에게 1억 챙겨 주고, 나머지 잔챙이 놈들에게는 두 당 100만 원을 얹어 주면 적당할 거야. 가령 1백 명 정도라 해도 2억이면 해결이 될 거야.

　넙튜에 올렸던 가짜 비누 동영상을 비롯하여, 오늘 유토피아 이벤트를 방해하고자 조폭들을 동원시킨 것이 모두 오장환이 지시로 행해진 일임이 밝혀졌다.

　차 이사는 오장환의 잔혹한 성격을 눈치채고 그도 언젠가는 오장환에게 팽을 당할 것을 염두에 두고 오장환이 지시한 내용을 몰래 녹음했던 모양이었다.

　박창수가 녹음된 내용을 모두 듣고 나자 흥분이 되었던지 주먹을 꽉 거머쥔 채로 석기를 쳐다봤다.

　"석기야! 이 정도면 확실한 증거 자료 아냐?"

　"맞아! 확실한 증거 자료지!"

　"이걸 이용해서 오장환에게 한 방 먹여 버리자!"

　"명성에선 이미 움직이고 있을 거야. 이번 소동이 죽은 차 이사가 혼자서 벌인 것이라고 덤터기를 씌울 것이 뻔해. 그런 의미에서 우린 그런 명성의 뒤통수를 치는 거지!"

　"뒤통수를 어떻게 치려고? 혹시 오늘 이벤트에 참가했던 기자들에게 증거 자료를 넘겨줄 생각이야?"

　"기자보단 뉴스로 보도하는 편이 더 효과적이겠지."

　"뉴스로?"

"그것도 아침 뉴스로."

석기가 회심의 미소를 지었다.

"오장환은 분명 내일 조간신문에 기사를 올리려 할 거야. 하지만 우리는 뉴스로 보도를 하게 될 거고. 신문을 보고 흡족해 하던 오장환의 얼굴을 똥 씹은 얼굴로 만들어 줄 생각이야."

"방송국에서 뉴스를 내보내 줄까?"

"SB방송국과 KJ케이블의 뉴스 제작팀 국장을 직접 만나서 담판을 지을 생각이야. 오늘 연예인 비누 공개 체험 이벤트 반응이 나쁘지 않았으니 제안을 거절하지 않을 거라고 보거든."

"그렇게 되면 오장환도 꼼짝 못하고 당하겠는데? 흐흐!"

석기는 당장 USB에 담긴 대화 내용을 카피하여 박창수와 함께 SB방송국과 KJ케이블의 뉴스 제작팀 국장의 자택을 방문했다. 비록 늦은 시간이었지만 내일 명성에서 차 이사에게 덤터기를 씌울 기사가 나올 것이라 생각하자 물불 가리지 않기로 했다.

오장환을 엿 먹일 방법으로 명성에서 준비한 기사가 나오는 타이밍에 맞출 계획이었다. 명성에서는 조간신문을 통해 기사로 내보낼 것이 뻔했기에 석기는 방송의 힘을 빌릴 작정이었다.

"유토피아 대표 신석기입니다!"

석기는 당당히 나왔다.

연예인 비누 공개 체험 이벤트.

그것을 받아준 양쪽 방송국이었기에 석기가 건넨 증거 자료를 확인한다면 등을 돌리지 않을 것이라 믿었기에.

역시 석기 짐작대로 양쪽 국장들은 USB의 내용을 있는 자리에서 곧바로 확인했고, 모두 아침 뉴스로 내보낼 것을 약속했다.

❀

아침이 되었다.

잠자리에서 일어난 오장환.

아침식사를 간단하게 마친 그는 서재로 들어서자 가사도우미가 가져다 놓은 조간신문을 확인하기 시작했다.

컴퓨터나 모바일로도 얼마든지 기사를 확인할 수 있었지만 나이가 지긋한 오장환은 종이로 인쇄된 신문을 보는 것을 선호했다.

그렇게 서너 군데의 신문사에서 발행한 조간신문을 차례대로 확인하던 오장환의 표정은 매우 흐뭇해 보였다.

'남 실장이 제대로 일 처리를 했나 보군.'

어제 SB방송국과 KJ케이블에서 유토피아 공개 체험 이벤트에 관한 내용이 보도되는 바람에 명성에 대한 인지도가 개

판이 된 상태였다.

하지만 대중이 조간신문을 보게 된다면 명성에 대한 안 좋은 인식이 바뀔 것이라 여겼다.

어제 남 실장이 말했던 시나리오대로 차 이사가 과잉 충성심에 단독으로 일을 벌인 것으로 처리되었고, 죽은 차 이사를 위해서 오장환이 장례식장을 거하게 준비해 준 것으로 기사가 나온 것이다.

RRRRRR-!

핸드폰이 울렸다.

남 실장 전화였다.

오장환은 환하게 웃는 낯으로 남 실장의 공로를 치하했다.

"수고가 많았어! 방금 신문 확인했는데 기사들이 마음에 드네."

"감사합니다, 회장님! 사람들이 기사를 보게 된다면 회장님의 자비에 감동하여 명성제품을 다시 신뢰하게 될 겁니다."

"암! 그렇게 되어야지. 그건 그렇고 유토피아 반응은 어떤지 모르겠군. 신문에 이런 기사가 난 것도 모르고 있겠지?"

"회장님! 이제 대중은 명성으로 돌아서게 될 겁니다. 명품으로 알려진 명성화장품입니다. 신생 업체에서 만든 제품과는 차이가 있다는 것을 알게 될 겁니다."

"이럴 줄 알았더라면 뉴스로 보내는 것도 좋았을 건데 아쉽군."

"인터넷에 기사가 올라가긴 했지만 방송에서 뉴스로 보도
된다면 더욱 효과를 보긴 할 겁니다. 제가 지금 당장 방송국
에 연락을 돌려 보겠습니다."

"그러는 것이 좋겠네. 이런, 아침 뉴스를 할 시간이군. 혹
시 우리 기사에 관한 말이 나왔을 수도 있으니 확인해 봐야
겠어."

남 실장과 통화를 끝낸 오장환.

흐뭇한 기색으로 아침 뉴스를 시청하고자 벽에 걸린 TV를
주시했다.

"저, 저게 뭐야?"

순간 오장환 입이 떡 벌어졌다.

자신의 음성이 TV에서 흘러나오고 있었던 탓이다.

그것도 유토피아를 해하고자 차 이사에게 지시를 내렸던
내용이 오늘 아침 뉴스의 하이라이트로 보도되고 있는 상황
이었던 것이다.

[방금 들려준 음성 녹음파일을 통해 넙튜에 올라왔던 가짜 연예인 비
누 세안 영상이 명성기업 오장환 회장의 지시로 비롯된 일임이 밝혀졌
습니다! 또한 어제 유토피아 이벤트를 방해하고자 조폭들을 동원한 것도
오장환 회장의 지시로 행해진 일이었습니다! 이로 인하여 오늘 조간신문
에 나온 명성기업의 차 이사가 과잉 충성심에서 단독으로 일을 벌였다

는 기사 내용은 모두 허위가 되었습니다! 검찰에서는 대중을 기만한 명성의 오장환 회장에 대한 집중적인 조사가 필요할 것으로 보입니다!]

그런데 그것만이 아니었다.

아침 뉴스가 끝나기가 무섭게 검사와 검찰 수사관들이 오장환 자택에 들이닥쳤다.

"오장환 씨! 당신을 차정학 씨 살인교사 혐의로 체포합니다!"

"뭐, 뭐라고?"

"덤프트럭으로 차정학 씨를 죽게 만든 운전기사가 모든 사실을 실토했습니다! 당신은 묵비권을 행사할 수 있으며……."

"이이익! 버러지 같은 것들이 감히 나를 배신해!"

미란다원칙을 읊어 대는 검사의 냉랭한 태도에 오장환이 이를 빠득 갈아 대며 온몸을 부르르 떨어 댔다. 지금의 상황이 믿기지가 않았다.

조간신문에 원하던 기사가 나온 것에 승리를 자축하던 순간 난데없이 그동안 저질렀던 비리가 한꺼번에 밝혀진 것이니 말이다.

특히 개처럼 여겼던 차 이사가 자신과의 대화 내용을 몰래 녹음해서 엿을 먹인 것이다.

게다가 남 실장이 맡았던 덤프트럭 운전기사까지 사주받

은 일을 실토했다는 것에 오장환 입장에선 이제 믿을 만한 인물이 전혀 없었다.

그렇게 생각하자 현재 별거 상태인 부인이 떠올랐다. 부인을 사랑하지는 않았지만 불리한 상황에 처하자 비열한 성격답게 오장환은 지금의 사태에서 벗어날 방도로 처가의 힘을 빌리고자 했다.

"검사님 말씀은 잘 알아들었으니 변호사랑 잠시 통화를 좀 하고 싶소. 도망치는 일은 없을 테니 다들 나가서 기다려주시죠."

검사와 검찰 수사관이 서재에서 나가자 핸드폰을 손에 쥔 오장환의 눈빛이 사악하게 번들거렸다.

일단 고문 변호사에게 연락해서 당장 검찰로 오라고 전달했다.

다음으로 처가에 연락했다.

부인이 아닌 장인과 은밀히 통화를 시도했다.

-뉴스 봤다. 네놈이 저지른 짓거리는 네놈이 알아서 처리토록 해라. 내게 손 벌릴 생각으로 전화를 건 모양인데 이만 끊으마.

장인의 싸늘한 태도에 오장환의 눈빛이 살기로 가득했다.

"지금 전화를 끊었다가 나중에 후회하실 겁니다."

-뭐라고? 후회?

"만일 장인어른께서 저를 계속 무시하시겠다면 저도 제 살길을 모색하는 수밖에요. 그러자면 천운그룹에 관한 일을 세간에 밝히는 수밖에 없습니다."

―……천운그룹?

오장환의 장인 주현문.

오늘날 명성금융이 현금 부자로 입지를 구축할 수 있었던 것은 과거에 천운그룹이 소유하고 있던 지분을 차지할 수 있었던 덕분이었다.

그랬기에 천운그룹이 오장환의 입에서 언급된 것에 주현문의 음성이 살짝 흔들리고 말았다.

"과거에 장인어르신께서 천운그룹의 기밀을 손에 넣고자 정부의 스파이 노릇을 한 것을 잘 알고 있습니다."

―쯧쯧! 이래서 사람은 태생이 중요한 법이지! 시골 촌놈이 회장 소리를 좀 듣더니 간이 배밖에 나온 모양이로구나. 내 딸과 결혼을 한 것만도 감지덕지로 여겨야만 할 마당에, 감히 딴 여자에게 눈을 돌려? 그래 놓고 이제는 나를 협박해? 네놈이 정녕 죽고 싶어 환장한 모양이구나!

주현문의 호통에 오장환의 눈빛이 차갑게 가라앉았다.

세무감사로 인하여 위기에 처했던 명성기업을 부인에게 빌어서 겨우 회장 자리를 탈환한 오장환이다. 그때도 장인 주현문은 오장환에게 일절 도움을 주지 않고 무시했다. 물론 주현문이 오장환을 처음부터 무시했던 것은 아니었다. 여색을 밝히는 오장환으로 인해서 딸이 별거 상태에 이르자 그때부터 대놓고 오장환을 천대시하기 시작했다.

시골 촌놈인 오장환이 돈 버는 재주가 있다고 판단하여 딸도 내주고 명성기업을 세우는 데 많은 도움을 주었는데도, 그것에 고마워하기는커녕 딸의 눈에서 눈물을 흘리게 만든 탓이다.

"천운그룹을 무너지게 만든 일등공신이 바로 장인어르신이라는 점과 그때 당시 천운그룹이 보유하고 있던 지분을 불법적으로 손에 넣으셨던 사실도요. 그렇게 장인어르신 수중에 들어온 천운그룹 지분을 정부와 짜고 몇 배로 뻥튀기하여 매각한 점도 알고 있고요. 그런데 만일 이 사실이 세상에 까발려진다면 어떻게 될까요?"

오장환은 자신을 무시하려는 장인의 태도에 그동안 비장의 무기로 숨기고 있었던 천운그룹에 관련한 내용을 가지고 협박성 발언을 서슴지 않았다.

이번 파문으로 명성기업의 주가가 추락하게 된다면 그때는 오장환도 타격이 컸기에 장인의 멱살을 거머쥐는 한이 있어도 구속되는 일을 피해야만 했던 탓이다.

-쯧쯧! 고얀 놈! 만일 네놈이 정말로 내 목을 옭아맬 증거를 갖고 있다면 모르지만 그게 아니라면 말로만 하는 협박은 전혀 가치가 없다!

"그렇다면 확실한 증거를 보여 드린다면 어떻게 하실 거죠?"

-확실한 증거? 그걸 네놈 따위가 들고 있을 리가 없지!

오장환의 협박에 씨알이 먹히지 않는 장인 주현문의 태도에 오장환의 눈빛이 살기로 일렁였다.

※

한편 아침에 보도된 뉴스.

그것의 영향은 크게 작용했다.

중죄를 저질러놓고 오히려 조간신문에 대문짝만 하게 낮짝 두껍게 공치사를 해 댄 것에 대중이 오장환을 신랄하게 물어뜯기 시작했다.

만일 아침 뉴스에 진실이 밝혀지지 않았더라면 대중은 조간신문에 올라온 기사만 보고 오장환의 검은 속내를 모르고 깜빡 속아 넘어갈 뻔했던 탓이다.

─신생 업체 유토피아를 압살하고자 거짓 영상을 올리고 조폭들을 동원하여 유토피아 행사를 방해하고, 그것으로 부족해서 사람까지 교통사고로 위장하다니 이건 악마가 따로 없다! 명성의 오장환 회장은 사형시켜야 마땅하다!

┗안 그래도 말이 많았던 명성 회장이었습니다! 인성쓰레기 오장환 회장은 이번에야말로 법의 심판을 제대로 받아야만 할 것이다!

┗저런 인간은 평생토록 콩밥을 먹도록 해야 한다!

┗사람까지 죽이다니 소름~

ㄴ사람 죽여 놓고 장례식을 거하게 치러주다니 완전 사이코가
따로 없네여~

ㄴ진짜 개××가 따로 없다!

-명성제품 불매 운동을 선포!

ㄴ앞으로 명성제품은 절대 구매하지 않을 것임!

ㄴ사 놓은 명성제품 찝찝해서 다 버릴 생각이다!

ㄴ저도요! 윗대가리가 저리 썩었는데 제품은 오죽할까~

-국내 최상의 명품 백화점으로 알려진 갤로리아에 명성 제품이
있다는 것은 수치라고 생각한다! 갤로리아에선 당장 명성제품을 퇴
출시켜야만 합니다!

ㄴ옳소! 명성제품을 퇴출시켜라!

ㄴ명품 백화점의 품격을 떨어트리는 더러운 명성제품을 당장 퇴
출하라!

ㄴ명성제품을 퇴출시키지 않으면 갤로리아에 발길을 끊을 것이
다!

대중은 오장환이 저지른 비리에 배신감을 느낀 나머지 갤
로리아까지 불매 운동을 언급할 정도로 아침 뉴스의 파급효
과는 실로 엄청났다.

야산에
묻혀버렸더니

명품 백화점 갤로리아 최대 주주인 서연정.

그녀도 아침 뉴스를 시청했다.

오장환이 저지른 혐오스러운 짓거리를 알게 되자 서연정은 두말 않고 대중의 뜻을 받아들였다.

[저희 갤로리아에서는 국민 여러분의 의견을 반영하여 명품 백화점의 수준을 떨어트리는 관계로 명성화장품을 매장에서 퇴출시키기로 결정했습니다!]

백화점 홈피에 올라온 공고문에 대중은 박수를 보냈다.

명성의 퇴출로 유토피아가 갤로리아 입점 후, 3개월 동안의 매출 실적을 놓고 양쪽이 경쟁하기로 했던 일은 자연스럽게 취소가 되었다.

그런데 갤로리아에서 명성을 퇴출할 것을 선포한 것에 대중의 연예인 비누에 대한 문의 쇄도가 더욱 빗발치게 되었다.

한편으론 오장환이 유토피아를 해하고자 벌였던 그동안의 사건의 오히려 유토피아의 사업을 더욱 승승장구 하도록 일조한 셈이기도 했다.

❊

갤로리아 백화점.

그곳에 석기와, 박창수, 구민재, 홍민아가 함께했다.

다들 들뜬 기색들이었다.

아침에 SB방송과 KJ케이블에 오장환이 저지른 짓에 관련한 뉴스가 보도되고 나서 이제 대중은 확실하게 유토피아 편으로 돌아섰다.

게다가 내일부터 유토피아 제품이 갤로리아 입점하게 된 것에 이렇게 백화점 매장에 모여서 밤이 늦도록 개점 준비를 하고 있는 것이다.

그렇게 개점 준비가 끝나자 석기는 일행을 이끌고 근처의 호프집으로 이동했다. 기분도 좋았기에 간단하게 치맥 한잔씩 하고 들어갈 생각이었다.

"내일부터 우리 유토피아 제품이 공식적으로 세상에 선보이게 되었습니다! 지금까지도 많이 수고해 주셨지만 앞으로 당분간은 눈코 뜰 새 없이 더욱 바빠질 겁니다! 다행히 우리 유토피아를 폄하하고자 갖은 수작을 부렸던 명성이 갤로리아에서 퇴출당했다는 점은 아주 기쁜 소식이 아닐 수 없습니다!"

석기의 말에 호프집에 모인 일행들이 크게 환호성을 지르며 박수를 보냈다.

와아아아! 짝짝짝짝!

어제는 명성의 방해로 공개 체험 이벤트를 망치는가 생각한 순간 권진아가 구원투수처럼 나타나 도와주더니, 오늘은 또 조간신문에 도배가 되다시피 올라왔던 명성의 기사로 낙담을 하려는 찰나에 보란 듯이 아침 뉴스로 명성을 콱 눌러 버린 것이니 말이다.

석기는 들뜬 일행의 얼굴을 웃으며 쳐다보다가 다시 할 말을 이어 갔다.

"여러분도 알다시피 갤로리아에 입점한 유토피아 제품은 두 가지가 전부입니다. 사실 저는 유토피아에서 생산되는 화장품의 종류를 다양하게 생산할 마음이 없습니다. 대중에 우리 유토피아는 일반 화장품 회사와는 다르다는 인식을 심어 줄 생각입니다. 차별화된 전략으로 승부를 볼 생각이니까요."

석기는 유토피아에서 생산되는 화장품 종류를 다섯 가지 정도로 잡고 있음을 모두에게 밝혔다. 연예인 비누, 릴렉스 향수, 그리고 다음으로 생각하고 있는 것은 립스틱, 수분 크림, 스킨 커버 정도였다.

"비록 종류는 많지 않지만 유토피아에서 생산되는 화장품들은, 국내만이 아니라 전 세계적인 명품이 될 겁니다!"

석기의 말에 일행의 가슴이 뜨겁게 달아올랐다.

연예인 비누. 그리고 릴렉스 향수.

이미 두 가지 제품은 충분히 검증이 된 상태였고, 대중에 진정한 명품으로 인식될 소지가 다분했기에.

석기의 말이 다시 이어졌다.

"참고로 연예인 비누는 광고로 이미 대중에 잘 알려진 상태이나 릴렉스 향수에 대해선 금시초문의 상태라는 점입니다."

릴렉스 향수 광고.

요사이 여러 가지 일이 벌어지는 바람에 계획했던 일정보다 향수 광고를 매스컴에 노출시키는 일이 늦어졌다.

"그 점은 차라리 잘되었다고 생각합니다. 지금 대중은 우리 유토피아 편으로 돌아선 상태입니다. 내일 갤로리아 입점과 동시에 릴렉스 향수 광고를 매스컴에 선을 보일 생각입니다. 향수 광고는 우리 유토피아가 더욱 대중의 뜨거운 관심을 끄는데 커다란 도움이 되어 줄 것이라 봅니다."

석기의 말에 일행들이 흥분한 기색으로 호응을 해 주었다.

"맞아요. 명성에 배신감을 느낀 대중이 저희 유토피아에 대한 감정이 매우 호의적인 상태입니다. 그런 상황에서 내일 갤로리아 입점과 동시에 릴렉스 향수 광고를 매스컴에 노출시킨다면 대표님 말씀대로 더욱 큰 효과를 보게 될 것이라 생각합니다."

"이거 내일이 기다려지는군요!"

"연예인 비누와 릴렉스 향수! 반드시 세계적인 명품으로 각광을 받을 것이라 생각합니다!"

석기가 환하게 웃으며 말했다.

"그런 의미에서 다 함께 건배합시다!"

성수가 효과를 보다

갤로리아 백화점.

아직 백화점 오픈 전의 상황이다.

그럼에도 벌써부터 백화점 정문 앞에 수많은 사람들이 몰려와 장사진을 이루고 있는 상태였다.

백화점 10층에 위치한 회의실.

일찍 회의실에 도착한 이들이 차를 마시면서 창밖의 광경에 관심을 보였다.

정문 앞의 광경이 한눈에 들어오는 위치인지라 줄지어 서 있는 이들이 개미떼처럼 보였다.

참고로 이곳 회의실에 참석한 이들은 갤로리아 백화점의 간부들이라고 보면 되었다.

"쯧!"

그중에서 사십대 중년 사내 태성칠 이사는 갤로리아 백화점 매장의 총괄 책임자였다.

그는 창밖의 정경을 어딘지 못마땅한 눈빛으로 주시하는 기색이기도 했다.

신생 업체 유토피아.

그곳이 명품 백화점 갤로리아에 입점하게 된 것을 가장 반대했던 태성칠 이사였다.

갤로리아 매장 총괄책임을 맡은 그였지만, 유토피아 입점을 비롯하여 명성화장품을 퇴출시키는 문제에 태성칠이 아니라 갤로리아 최대 주주인 서연정 이사의 입김이 영향을 미친 것에 태성칠은 속으로 크게 분노하고 있는 상황이었다.

그래서 오늘도 화를 누르고 회의실에 참석한 상황인데, 정문 밖의 소동에 괜히 기분이 불쾌했다.

그러던 차에 마침 태성칠 옆에서 창밖을 내려다보고 있던 부장 직급을 달고 있던 유지현 부장과 정소미 부장이 정문의 소동에 즐거운 기색으로 대화를 나누기 시작했다.

"와! 사람들이 잔뜩 몰려왔는데요? 저 줄 좀 봐요. 이제까지 갤로리아에 저런 현상은 처음이죠?"

"유토피아가 우리 갤로리아에 입점한 것 때문에 그런 모양이죠. 역시 유토피아를 입점시키길 정말 잘했죠?"

"맞아요. 요사이 세간에서 가장 핫한 이슈거리가 되고 있는 유토피아잖아요. 호호!"

"TV 봤는데 연예인 비누 진짜 신기하던데요. 마침 유토피아가 입점도 했으니 이번 기회에 저도 하나 구입해야겠어요."

"그럼 이따 점심때 유토피아 매장에 같이 구경 가요. 그곳 대표가 아주 사업수완도 뛰어나고 외모도 톱급 연예인을 방불케 한다던데 가서 인사나 나누죠."

"좋아요! 입점 첫날이니 대표가 찾아오긴 하겠네요. 호호!"

두 사람의 대화를 들은 태성칠이 뚱한 표정으로 그녀들의 대화에 끼어들었다.

"유 부장! 설마 저 사람들이 유토피아 때문에 몰려든 것이라고 생각하는 거야?"

갑작스런 태성칠의 질문에 유지현이 인상을 살짝 찡그렸다. 태성칠을 별로 좋아하지 않는 그녀였기에 말이다. 괜히 여자라는 이유로 함부로 무시하는 발언을 곧잘 하는 태성칠은 갤로리아 직원들 사이에서 '재수탱'으로 통했다.

"그럼 태 이사님은 저 사람들이 왜 우리 갤로리아를 찾아왔다고 생각해요?"

"그거야 명품 백화점인 우리 갤로리아에 물건을 구입하려고 온 거 아냐?"

"정말 그렇게 생각하세요?"

"그럼 유 부장은 저 사람들이 정말로 유토피아 때문에 왔다고 생각해?"

"당연하죠. 태 이사님은 TV도 안 보시나 보죠? 유토피아 공개 체험 이벤트가 실화라는 것이 밝혀져서 지금 세간에 연예인 비누가 핫 이슈가 되고 있는 상황인데. 정보에 귀가 어두우신 모양이네요."

유 부장의 비꼬는 말투에 태성칠의 얼굴이 붉어졌다.

"공개 체험 이벤트? 그거 조작된 걸 수도 있잖아! 아님 사람 얼굴이 단번에 그렇게 확 달라질 수 있다는 것이 말이 돼?"

그러자 이들의 논쟁에 좀 전까지 유 부장과 대화를 나누었던 정부장이 유 부장 편을 들듯이 나섰다.

"태 이사님! 유토피아가 우리 갤로리아에 입점한 첫날인데 축하는 못해·줄망정 그런 소리는 좀 도가 지나치신 감도 없잖아 있네요. 그리고 말이 나와서 하는 말인데요. 정문 앞에 줄서서 있는 사람들 중에 제가 아는 지인이 있거든요. 지방에 사는 지인인데 일부러 시간 내서 연예인 비누 사러 왔다고 하더군요. 그리고 심지어 중국과 일본에서도 유토피아가 오늘 입점한다는 소식 듣고 비행기 타고 연예인 비누 사러 온 사람들도 있고요."

정부장의 항변에도 태성칠의 기세는 누그러질 기색이 없어 보였다. 오히려 노골적으로 정문 앞에 줄선 고객들을 빈정거리기까지 했다.

"다들 할 일이 어지간히도 없나 보군. 그딴 비누나 사고자 비행기 타고 날아오고."

그런 태성칠의 태도에 이번엔 유 부장이 참지 못하고 나섰다.

"태 이사님! 그동안 태 이사님이 열과 성을 다해서 밀어주었던 명성이 우리 갤로리아에서 퇴출당한 것 때문에 유토피아를 헐뜯고 싶으시나 본데, 그래도 저희 백화점을 찾아온 고객들에게 그런 소리를 하면 안 되죠! 이건 고객들을 무시하는 발언이라고요!"

"고객들을 무시하는 발언? 고객들도 수준 있게 행동해야 진정한 고객 대접을 해 주지! 쯧쯧! 하여간 머리가 빈 것들이 얼굴만 예뻐진다면 그저 똥이라도 퍼먹을 기세라니까!"

그동안 갤로리아 백화점 대표와 친척이라는 것을 내세워 안하무인격인 태도를 보이고 있던 태성칠이긴 했지만, 방금 했던 말은 도가 지나쳤다고 생각했는지 회의실에 모인 다른 간부들까지 감정을 숨기지 않고 얼굴을 찌푸렸다.

하지만 태성칠은 회의실 사람들의 술렁거리는 분위기에도 아랑곳하지 않고 다시금 유토피아와 연예인 비누를 사러 온 고객들을 비난하듯이 나왔다.

"연예인 비누 가격이 300만 원이라던데. 고작 비누 하나에 300만 원이라니, 그게 말이 돼? 신생 업체 주제에 돈독에 오른 유토피아도 그렇고, 그걸 사러 온 고객들도 다들 정신 빠진 인간들이라니까!"

갈수록 도가 자나친 태성칠의 태도에 유 부장이 눈에 쌍심지를 켜고 대들듯이 나섰다.

"태 이사님! TV에 나온 것처럼 연예인 비누 효과가 사실이라면 솔직히 300만 원도 비싼 것은 아니라고 생각해요! 그리고 유토피아도 충분히 검토하고 정한 가격대일 텐데 태 이사님이 그걸 욕할 이유가 없다고 생각해요! 그리고 연예인비누를 사러 온 고객들을 정신 빠진 인간들이라고 폄하하는것은 곧 우리 갤로리아를 욕하는 것이나 마찬가지라고요!"

정부장도 지원사격을 나섰다.

"저도 유 부장과 같은 생각이네요. 어린 조카가 아토피로고생하는 거 봤는데 정말 못 봐주겠더라고요. 연예인 비누를사용하고 아토피만 완치된다면 아마 천만 원이라고 해도 팔릴지도 몰라요."

이런 분위기에 태성칠은 열을 받았는지 시뻘게진 얼굴로고함을 지르듯이 응대했다.

"빌어먹을! 비누가 무슨 만병통치약도 아니고 3백씩이나받아 처먹어! 이건 순전히 우리 갤로리아가 명품 백화점이라는 것을 이용하여 숟가락을 얹으려는 수작이야!"

유 부장이 태성칠을 비웃듯이 나섰다.

"연예인 비누도 1호를 제외하고, 2호와 3호는 가격대가 좀더 저렴하다던데요? 설마 매장 총괄 관리를 맡으신 태 이사님께서 그런 사실도 모르는 것은 아니겠죠?"

끝까지 지지 않고 따박따박 대들고 있는 유 부장의 태도에 광분한 태성칠이 유 부장을 잡아먹을 기세로 노려봤다.

"유 부장! 잘 들어! 신생 업체 유토피아를 우리 명품 갤로리아에 받아들인 자체가 수치야! 아무리 연예인 비누가 대단하다고 해도 나는 절대 인정할 수 없어! 달랑 화장품 종류라고 비누랑 향수가 전부인 신생 업체가 대단해 봤자 얼마나 대단하겠어! 빌어먹을! 서 이사가 정신이 제대로 박힌 사람이라면 유토피아를 우리 갤로리아에 입점시키지 말아야 했어!"

바로 그때였다.

드르륵!

회의실 문이 열리고 안으로 갤로리아 최대 주주인 서연정과 갤로리아 대표 태성호, 그리고 유토피아 대표 석기가 들어왔다.

"……!"

이들의 등장에 태성칠의 표정이 확 굳어졌다.

참고로 세 사람은 문밖까지 흘러나온 태성칠의 고함을 들어 버린 상태였다.

특히 태성칠과 같은 이사급인 서연정의 표정이 가장 좋지 못했다. 석기는 의외로 침착하게 보였다.

대표 태성호가 급당황한 표정을 짓고 있는 사촌동생 태성칠을 나무라는 눈치로 쳐다보다가, 얼른 석기를 회의실 사람들에게 소개했다.

"다들 인사해요! 이쪽은 우리 갤로리아에 오늘부터 입점한 유토피아 신석기 대표님이십니다!"

갤로리아 대표 태성호의 소개에 석기가 침착한 태도로 모두를 향해 인사했다.

"신석기입니다! 앞으로 잘 부탁드립니다!"

"와! 환영합니다, 대표님!"

"갤로리아 입점을 축하드려요!"

"호호! 얼굴 정말 잘 생기셨어요!"

태성칠을 제외한 나머지 간부들은 석기를 열렬히 반겨 주었다. 젊은 데다가 얼굴도 준수하고 거기에 요즘 한창 이슈가 되고 있던 유토피아의 대표였으니 자연스럽게 호감을 사게 되었다.

하지만 태성칠은 석기를 반기는 사람들의 분위기가 못마땅한지 뚱한 표정으로 석기를 깎아내릴 궁리를 했다.

"저는 갤로리아에서 매장을 총괄하고 있는 태성칠 이사입니다! 현재 갤로리아에 들어온 유토피아 제품이 단 두 종류로 알고 있습니다. 그것으로 장사가 되겠습니까?"

태성칠의 말에 석기가 빙그레 웃으며 응대했다.

"아직 영업을 시작하지 않았으니 장사가 잘될지는 미지수입니다만 자신은 있습니다! 그리고 태 이사님께서 방금 말씀하신 대로 갤로리아 매장에 들어온 저희 유토피아 제품은 두 종류가 맞습니다! 저희 유토피아는 차별화를 위해서 화장품 종류를 다섯 종류로 제한할 계획입니다!"

태성칠이 노골적으로 석기를 비웃듯이 나왔다.

"허어! 그럼 지금 두 가지 제품 말고 앞으로 나올 제품이 고작 세 가지밖에 되지 않는단 말이군요!"

"맞습니다!"

"그걸로 정말 장사가 될까요?"

태성칠 속마음이 들렸다.

[그동안 명성에서 뒷돈을 받아먹었는데 저놈 때문에 그것도 못 하게 생겼어.]

그동안 태성칠은 명성에서 달마다 용돈으로 건네준 돈을 받아먹었다. 명성이 갤로리아에서 갑질을 하고 자기 멋대로 군것도 결국은 태성칠로 인해서였다.

그런데 유토피아로 인하여 명성이 퇴출을 당하자 이제는 그 짓을 할 수가 없다는 것에 석기가 눈엣가시처럼 여겨졌다. 척 보기에도 석기는 뇌물 같은 것을 줄 인물이 아님을 눈치챘기에 말이다.

'태 이사가 유토피아를 싫어하는 이유가 결국 명성에서 받아먹던 뇌물 때문이었군.'

석기의 눈빛이 차갑게 가라앉았다. 오늘 유토피아가 갤로리아에 매장을 입점하게 되어 서연정에게 인사를 할 겸 찾아왔다가 회의실에 간부들이 모였다는 소리에 들어오게 되었다. 그랬는데 밖에까지 울려 퍼질 정도로 유토피아를 맹렬히 비난하는 인물이 있었다.

그가 바로 태성칠 이사였다.

처음에는 서연정 체면도 있고해서 참고자 했지만 이런 인간에게 잘 보일 필요가 있을까 싶었다.

"태 이사님! 제가 하는 사업에 그토록 염려를 해 주시다니 감사하게 생각합니다! 하지만 저희 유토피아는 앞으로 세계적인 명품으로 이름을 날리게 될 것이니 태 이사님께서 걱정하지 않으셔도 됩니다!"

석기의 당당한 발언에 태성칠 얼굴이 붉게 변했다. 석기의 말이 계속 이어졌다.

"참고로 릴렉스 향수 1호는 가격대가 500만 원입니다! 연예인 비누보다 훨씬 비싼 가격대죠. 오늘부터 릴렉스 향수 광고가 매스컴에 선을 보일 겁니다. 두 가지 제품만으로도 충분히 장사를 잘할 수 있으니 안심하세요!"

바로 그때였다.

석기의 발언을 속으로 가장 고소하게 여기고 있던 유 부장과 정부장이 핸드폰을 들여다보더니 눈을 빛냈다.

"어머! 향수 광고 올라왔는데요?"

"맞아요! 릴렉스 향수 광고네요!"

"대박! 너무 멋지다!"

"민예리 배우가 찍은 거죠?"

타이밍이 좋았다.

릴렉스 향수 광고.

그것이 시작된 것이다.

톱스타 민예리 배우.

거기에 톱급 광고제작사로 알려진 스톰의 양재기 감독이 찍은 향수 광고였다.

환상적인 릴렉스 향수 광고에 휴게실에 모인 모두의 입이 떡 벌어졌음을 두말할 필요가 없었다.

뚱한 표정인 태성칠을 제외한 모두가 릴렉스 향수 광고에 반해 버린 것이다.

"신 대표님! 향수 광고 너무 멋지게 잘 뽑혔네요! 이러다가 릴렉스 향수가 연예인 비누를 압도하겠는데요?"

서연정이 석기를 웃으며 쳐다봤다.

그녀가 선택한 유토피아였고 석기를 신뢰하고 있었다.

이번엔 그녀가 태성칠을 쳐다봤다.

그녀는 오늘의 일로 칼을 갈았다.

갤로리아에 필요 없는 존재였다.

✿

아침이 되었다.

석기는 박창수와 함께 유토피아로 출근했다.

어제는 유토피아가 갤로리아 입점 첫날이었기에 돌아가는 상황을 체크할 목적으로 박창수와 백화점으로 출근했지만,

오늘은 그곳에 나갈 필요가 없다는 것에 정상 근무를 하게 되었다.

회사에 도착하자 석기는 모닝커피를 마시면서 간단하게 둘만의 미니 회의를 갖고자 박창수를 데리고 옥상에 올라왔다.

"갤로리아 매장 직원들은 인원을 더 충원하지 않아도 되겠어."

"하긴 어제 보니까 초반에는 몰려든 고객들이 많아서 그런지 당황하는 듯싶더니 다행히 금방 적응을 하긴 하더군. 역시 석기 네 말대로 매장 경험이 많은 경력자를 뽑은 것이 신의 한수였어."

박창수가 석기를 향해 엄지를 들어 보였다.

유토피아가 신생 업체이니만큼 매장 직원만큼은 신입보다 경력자 우선으로 뽑자는 석기의 뜻이 통한 것이다.

"첫날 입점 효과인가. 어제 우리 유토피아로 인해서 다른 매장까지 매출을 제법 올린 것 같던데."

"그래도 우리 유토피아가 매출을 가장 많이 올렸을걸."

박창수 말에 석기가 흐뭇하게 웃었다.

"덕분에 서 이사님 체면 섰겠네! 우리 유토피아를 열심히 밀어주셨는데 그래도 매출로 보답할 수 있어서 다행이지, 뭐."

박창수가 커피를 다 마신 종이컵을 정리하면서 권진아 문제를 언급했다.

"권진아는 어떻게 할 거야? 계속 내 오피스텔에 놔두기는 좀 그렇잖아. 석기 너도 나랑 함께 지내는 거 불편할 테고."

"하하! 나보다 창수 네가 더 불편하겠지. 걱정 마. 안 그래도 권진아 씨 일자리를 알아보고 있었거든."

"설마 화장품 공장에 보내게?"

"화장품 공장보다는 구민재 씨 연구소에서 일을 배워 보게 하는 것은 어떨까 싶지."

"연구소 일을?"

"보니까 일머리도 있어 보이고. 실험은 어려워도 단순 노동 같은 것은 가능할 테니까. 이제 다른 곳은 취업하기 어려울 테니 차라리 연구소에서 구민재 씨를 도와주는 것도 괜찮을 듯싶기 해. 그곳이면 숙식 문제도 해결될 테고, 경호원들도 배치되어 있으니 다른 데보단 안전할 테니 말이지."

"하긴 그렇겠네."

일전에 구민재가 납치를 당한 일이 벌어진 것에 양평 연구소에 경호원을 배치하게 되었다.

권진아 문제는 본인 의사와 구민재의 의견도 중요했기에 둘의 얘기를 들어 보고 결정하기로 했다.

둘은 옥상에서 내려왔다.

박창수는 자기 사무실로 돌아가고 석기는 대표실로 들어왔는데, 마침 갤러리아 최대 주주인 서연정에게서 연락이 왔다.

-축하드려요, 신 대표님! 비록 1일 통계지만 유토피아가 어제 매출 실적 1위를 찍었어요!"

"기분 좋은 소식이로군요."

석기가 흡족히 웃었다.

예상했던 결과이긴 했다.

그래도 수많은 명품들을 모아 놓고 판매하는 갤로리아에서 매출 실적 1위를 차지한 것은 정말 대단한 일이긴 했다.

-입점 첫날이라 매출 실적이 높은 것은 당연하지만, 두 가지 제품만으로 1위를 찍은 것은 정말 기적과도 같은 일이죠.

"서 이사님! 앞으로 기적은 계속 이어질 겁니다!"

유토피아에서 만든 물건에는 성수가 들어간 상태였다. 한번 사용한 사람은 계속해서 유토피아 제품만을 고집할 것이다.

그리고 비록 두 가지 제품이라 할지라도 〈연예인 1호〉는 300만 원이라는 금액이었고, 〈릴렉스 1호〉는 500만 원이라는 가격대였다. 명품들로 가득한 갤로리아에서도 쉽게 무시할 수 있는 금액은 아니었다.

-기대하고 있을게요. 그리고 신 대표님께 전할 말이 있어요.

"전할 말이라고요?"

-태성칠 이사 아시죠?

"흐음, 어제 회의실에서 잠깐 만났던 분 말이로군요."

-맞아요. 태성칠 이사. 오늘부로 저희 갤로리아에서 해고 조치되었습니다. 실은 어제 신 대표님이 있는 자리에서 잘라버렸어야만 했는데 조치가 늦은 점 사과드립니다.

태성칠이 해고되었다는 말에 석기의 눈빛이 반짝였다.

그만큼 서연정이 석기의 사업체인 유토피아에 힘을 실어 주겠다는 의미나 다름없었기에.

"저희 유토피아를 씹어 대고 고객들에 대한 비하발언을 서슴지 않았던 태성칠 이사님이시니 해고되는 것은 당연하다고 생각합니다. 그래도 늦지 않게 조치를 취해 주신 점 감사드립니다."

-새로 부임할 매장 총괄 책임자는 태 이사와는 달리 공평하게 매장을 관리할 것이니 마음 놓으셔도 될 겁니다.

서연정 음성이 꽤 밝았다.

안 그래도 갤로리아를 좀 먹는 태성칠을 언젠가 정리하리라 벼르고 있었는데 이렇게 정리가 되었으니 홀가분한 심정이었다.

❈

한편 해고가 된 태성칠.

그는 여전히 자신의 잘못을 뉘우치는 기색이 없이 갤로리아 대표인 태성호를 찾아와 성가시게 굴었다.

"성호 형님! 대체 언제까지 서 이사에게 끌려 다닐 겁니까! 신생 업체 유토피아를 매장 총괄 책임자인 나와 상의 없이 입점하게 만든 것으로 부족해서 이제는 나를 해고시켜? 이게 정상이라고 생각해요?"

태성호가 사촌동생인 태성칠을 못마땅한 눈빛으로 쳐다 봤다.

"어제 갤로리아 매장 중에서 유토피아 매장이 매출 1위를 차지했다. 비록 입점 첫날이라는 점도 있지만 그래도 서 이 사의 안목이 뛰어나다는 것이 검증된 셈이다. 그러니 더는 분란 일으키지 말고 그만 돌아가."

태성호의 축객령에 태성칠이 빈정거리듯이 나왔다.

"역시 바지사장의 한계로군요! 만일 형님이 진정한 갤로리 아 실세였다면 서 이사에게 휘둘릴 일도 없었을 텐데 참으로 안타깝습니다!"

"네가 뭔가 착각하는 모양인데 내가 바지사장이 아니라 진 정한 실세였다면 너 같은 놈은 일찌감치 잘라 버렸을 거다!"

"뭐, 뭐라고요?"

"아직도 네놈이 무엇을 잘못했는지 몰라서 그래? 어제 회 의실에서 뇌를 거치지 않고 쏟아 낸 막말도 문제지만, 그것 보다 더욱 큰 문제는 네놈이 그동안 몰래 명성에 뒷돈을 받 아 처먹은 일이야! 그것 때문에 내가 그동안 서 이사 얼굴 보 기가 얼마나 민망했는지 알기나 하고 그딴 소리를 지껄여?"

"그럼 서 이사가 그걸 알고도 저를 지금까지 내치지 않고 봐줬다는 겁니까?"

"그래 이놈아! 법적 처벌을 받지 않고 이렇게 곱게 해고만 시킨 것도 서 이사에게 고맙게 생각해! 더는 네놈과 말도 섞기 싫으니 당장 꺼져!"

갤로리아 대표 태성호의 호통에 그만 얼굴이 붉어진 태성칠이 대표실에서 빠져나왔다.

그렇게 복도로 나온 태성칠의 눈에 휴게실에서 여직원들 서넛이 모여서 커피를 마시며 잡담을 나누고 있는 것이 보였다.

만만한 여직원들에게 화풀이를 하려던 순간, 태성칠의 발길이 그만 우뚝 멈춰졌다.

"어휴! 진짜 고소하네요!"

"태성칠 그 인간과 더는 갤로리아에서 마주치지 않는다고 생각하니 십 년 묵은 체증이 다 내려간 기분이야!"

"성격도 더럽고 얼굴도 못생긴 주제야 대표 빽만 믿고 나대는 꼴이라니! 진짜 재수탱이였는데 너무 잘되었어요!"

"그 인간 매장 관리는 똑바로 못 하면서 돈은 오죽 밝혔어요? 정말 갤로리아 품격을 위해서도 진즉에 잘라 버렸어야 했다니까요!"

여직원들이 태성칠을 격하게 씹어 대고 있는 분위기에 태성칠의 눈빛이 광기로 번득였다. 그간 해 온 행실은 생각하지 않고 남들이 그의 흉을 본다는 것이 그저 분하고 억울할 뿐이었다.

'이건 모두 서연정 그년 때문이야! 나를 해고한 것을 후회하게 만들어 주마!'

갤로리아 최대 주주 서연정.

그녀는 퇴근 시간이 되자 차를 몰고 집으로 향했다.

콧노래가 절로 흘러나왔다.

유토피아가 갤로리아에 입점한 것에 전반적으로 각 매장들의 매출이 늘어난 것도 있고, 고객의 수도 대폭 늘어난 상태였다.

특히 중국과 일본에서 방문한 고객들 중에는 갑부들이 다소 포함되어 있었는데, 그들의 방문이 가져다준 영향력이 크게 작용했다.

한국의 갤로리아.

유토피아를 찾았던 그들의 입소문으로 이제 국제적인 명품 백화점으로 입지를 구축하게 된 것이다.

연예인 비누와 릴렉스 향수.

갤로리아에서만 구입할 수 있다는 점과, 비록 두 가지 제품만으로도 사람들의 마음을 사로잡은 탓이다.

'유토피아 매장이 계속 갤로리아에 머물도록 해야만 할 거야. 그런 점에서 태성칠 이사를 해고한 것은 너무나도 잘한 일이지.'

서연정 차가 집 앞에 이른 순간.

끼이익!

갑자기 급정거를 하고 말았다.

차고 앞의 인물로 인해서였다.

'저 인간이 여긴 왜?'

오늘부로 갤로리아에서 해고 조치된 태성칠이 서연정의 집을 찾아온 것이다.

무시하고 싶었지만 차고 안으로 차를 들이려면 태성칠이 비켜 줘야만 했기에, 할 수 없이 그녀가 운전석 쪽 차창을 아래로 내렸다.

"태성칠 씨가 여기엔 무슨 일이죠?"

"나를 해고시킨 너를 잘 먹고 잘 살게 둘 줄 알았어?"

"태성칠 씨! 술이 많이 취하셨네요. 그만 돌아가세요."

태성칠에게서 술 냄새가 진동했다.

서연정은 불안감에 주변을 둘러봤지만 사람이 보이지 않자 조수석에 놓아둔 핸드폰을 쳐다봤다.

경찰에 신고할까 생각했다.

하지만 경찰이 오기 전에 술 취한 태성칠이 어떤 짓을 할지 몰라 망설이게 되었는데, 마침 핸드폰 옆에 놓아 둔 물건이 눈이 들어왔다.

바로 릴렉스 향수였다.

차를 운전하기 전에 릴렉스 향수를 뿌리고 나서 그걸 조수석에 놓아 둔 것이다.

"왜 경찰에 연락하게?"

"아뇨, 이거면 충분해요."

"그건⋯⋯."

술에 취한 태성칠이 서연정 손에 들린 향수병을 의아한 눈으로 쳐다보다가 이내 표정이 흉악하게 일그러졌다.

유토피아 릴렉스 향수.

안 그래도 유토피아가 갤로리아에 입점한 것을 못마땅하게 여겼고, 그러다 갤로리아에서 해고까지 된 상황이었기에 서연정이 지금 자신을 놀린다고 생각하자 태성칠은 화가 치밀었다.

"향수로 뭘 어쩌려고?"

"뭘 어쩌긴요? 그냥 향기를 맡아 보란 거죠. 500만 원이나 하는 고가의 향수거든요. 아직 릴렉스 향수를 사용해 보지 않으셨을 테니 한번 경험하게 해 드리죠."

"이익! 지금 장난해?"

"아뇨, 저는 지금 아주 진중한 마음이거든요. 자! 한번 맡아 보세요. 향기가 아주 끝내주거든요!"

서연정은 심신정화에 효과가 탁월한 릴렉스 향수를 한번 믿어 보기로 했다.

칙! 칙칙!

태성칠 같은 인간을 위해 소중한 릴렉스 향수를 사용한다는 것이 아까웠지만, 흥분한 태성칠의 마음을 가라앉히는 것이 중요했다.

"진짜 이년이 죽고 싶어 환장……."

그런데 서연정의 행동에 거칠게 쌍욕을 날려 대던 태성칠의 눈동자가 갑자기 몽롱하게 변했다.

"하아!"

태성칠로선 세상에 태어나서 처음으로 맡아 본 신비로운 청아한 향기였는데, 향수 향기를 맡자 이상하게도 날뛰었던 감정이 차분히 가라앉기 시작했다.

성수의 효과가 발동했다.

처음으로 느껴 보는 안락한 평온함에 태성칠은 눈물마저 흘러내렸다.

털썩!

땅바닥에 주저앉은 태성칠이 눈물을 쏟아 내며 차에 타고 있는 서연정을 향해 용서를 구했다.

"……미안해요! 내가 술에 취해…… 잠시 어떻게 되었나 봐요. 정말 잘못했어요."

태성칠이 서연정 집을 찾아온 것은 자신을 해고시킨 그녀에게 해를 가하기 위해서 찾아왔다.

품안에는 칼도 들어 있었다.

칼로 서연정을 찔러 버리고 도망칠 생각이었다.

하지만 릴렉스 향수의 향기를 맡고 나자 그런 생각이 모두 사라졌다. 그리고 그런 생각을 했다는 것이 서연정에게 너무 미안했다.

타악!

차에서 내린 서연정.

믿었던 대로 릴렉스 향수가 훌륭한 방어구가 되어 주었다.

술에 취해 그녀를 해하고자 찾아온 태성칠이 사과하도록 만들어 준 것이다.

스윽!

서연정이 땅바닥에 주저앉은 태성칠에게 향수병을 내밀었다.

"이거 가져가요. 태성칠 씨가 잔뜩 헐뜯었던 유토피아에서 생산한 릴렉스 향수예요. 향기 정말 좋죠?"

"그러네요."

향수병을 챙긴 태성칠.

바닥에서 일어선 그가 향수병을 씁쓸한 표정으로 쳐다봤다. 무시했는데 진짜배기였다.

갤로리아 매출 1위.

지금에서야 이해되었다.

태성칠이 사라지자 서연정은 안도의 한숨을 길게 내쉬었다.

릴렉스 향수를 믿기를 정말 잘했다.

❀

다음 날.

서연정이 유토피아를 방문했다.

어젯밤에 태성칠이 그녀의 집을 찾아왔던 일과, 릴렉스 향수로 태성칠의 위협에서 무사히 벗어날 수 있었다는 것을 석기에게 털어놓았다.

"릴렉스 향수에 술 취한 사람을 진정시키는 효과가 있는 것은 저도 미처 몰랐지만 아무튼 서 이사님이 다치지 않으셨으니 정말 다행입니다."

석기는 갤로리아에서 해고된 태성칠이 조만간 사고를 칠 것이란 짐작은 하고 있었다.

하지만 유토피아가 갤로리아에 입점한 것을 몹시 못마땅하게 여기고 있던 태성칠이기에 석기를 찾아와 시비를 걸 것으로 여기고 있었다.

그런데 의외로 태성칠은 석기가 아니라 서연정을 목표로 삼았다. 그건 서연정이 여자라는 이유로 석기보단 쉽게 해를 가할 수 있을 것이라 생각했던 모양이다.

정말 비열한 자였다.

하지만 다행히 서연정은 무사했다.

어떻게 그 상황에서 릴렉스 향수를 사용할 생각을 했을까.

한편으론 서연정이 참으로 대단하게 여겨졌다.

"왜 경찰에 연락하지 않고 향수를 뿌렸는지 이상하죠? 저도 이해할 수 없지만 릴렉스 향수를 본 순간 이상하게 믿음이 갔어요. 릴렉스 향수 향기는 심신 정화 효과가 있잖아요.

어쩌면 술에 취한 사람에게도 그것이 통할 것이라는 생각에 이용해 본 건데, 정말로 통하더라고요. 릴렉스 향수, 진짜 최고였어요!"

"그렇게 말씀해 주시다니 어떤 찬사보다도 기분 좋은 말인데요?"

"그런 의미에서 신 대표님께 사업적인 일로 제안드릴 것이 있는데 들어 주시겠어요?"

"사업적인 제안이라고요?"

"신 대표님께도 나쁜 일은 아닐 것이라 생각하지만요."

"어떤 제안인지 궁금한데요?"

석기가 궁금한 눈빛으로 서연정 얼굴을 주시했다.

[갤로리아에 입점한 지 며칠밖에 되지 않았지만 연예인 비누와 릴렉스 향수는 명품 중에서도 최상의 명품이 될 제품들이 분명해. 그런 대단한 제품들이 이대로 국내에서만 머무는 것은 이건 세상 사람들을 기만하는 일이 될 터. 더욱 빛을 발하도록 이끌어 주는 것이 내가 할 일이다.]

서연정 속마음이 들렸다.

연예인 비누와 릴렉스 향수.

두 가지 제품을 직접 사용해 본 그녀였기에 누구보다 두 가지 제품에 대한 강한 확신을 갖고 있을 터.

그래서인지 방금 태성칠에 관련한 애기를 언급했던 것은 까맣게 잊고 어느새 사업가로 돌변한 그녀의 분위기였다.

"서 대표님께서 보시기엔 유토피아 제품들이 저희 갤로리 아에 입점한 지 얼마 되지 않은 상태에서 이런 말을 꺼낸 것을 어떻게 생각하실지 모르겠지만, 저는 유토피아 제품들에 대해 확신이 섰기에 이런 제안을 드리는 겁니다. 실은 올해 연말에 해외 지사로 중국과 일본에 갤로리아를 오픈하게 될 예정입니다. 만일 신 대표님께서 허락만 해 주신다면 해외 지사에도 유토피아의 연예인 비누와 릴렉스 향수를 판매하고 싶습니다."

서연정의 자신감 넘치는 기색이었다. 국내에서 통하는 연예인 비누와 릴렉스 향수가 반드시 해외 시장에서도 통할 것이라 믿고 있는 눈치였다.

'확실히 나이에 비해서 젊어 보이는 외모도 외모지만, 사업에 한해서도 추진력이 굉장하군.'

석기는 서연정이 갤로리아 최대 주주라는 것에 이미 그녀가 속한 가문이 보통 집안이 아님을 눈치채고 있긴 했다. 사업에 대한 열정이 참으로 강한 여자였다.

국내에서 이미 명품 백화점으로 입지를 구축하고 있던 갤로리아였지만 그녀는 그것에 안주하지 않고, 중국과 일본 시장도 노리고 있음을 알 수 있었다.

"아주 흥미로운 제안이로군요. 한데 생각할 시간이 좀 필요하겠습니다."

석기는 서연정 제안이 반가웠다.

안 그래도 연예인 비누와 릴렉스 향수를 국내만이 아니라 해외에도 제품을 판매할 생각을 하고 있었는데, 이렇게 서연정이 먼저 손을 내밀어 준 셈이니 말이다.

하지만 사업적으로 유리한 고지를 점하기 위해선 밀당이 필요했다. 물론 오장환 같은 인간이라면 모를까, 서연정은 석기에게 우호적인 인물이기에 등쳐 먹을 짓은 하지 않을 것이라 믿었다.

"그럼 제안을 생각해 보시고 결심이 서면 언제라도 좋으니 말씀해 주세요. 조건은 최대한 서 대표님이 원하시는 대로 맞춰 드릴 의향이니까요. 참고로 제가 신 대표님께 이런 제안을 드린 것은 돈을 버는 것도 중요하지만, 저는 유토피아 제품의 가치를 세상에 널리 알리고 싶다는 점을 알아주셨으면 해요."

유토피아 제품을 진심으로 신뢰하고 있는 서연정 마음을 알고 있기에 석기는 기분이 흐뭇했다.

"서 이사님! 멋진 제안을 해 주신 점 감사하게 생각합니다. 가급적 빠른 시일 안에 연락드리도록 하겠습니다."

"기대하고 있겠어요. 만일 제안을 승낙한다면 올해 연말 해외 지사의 오픈식에 유토피아 제품을 특별한 상품으로 대대적으로 밀어 볼 생각입니다."

파격적인 제안이기도 했다.

해외 지사의 오픈식에 유토피아 제품을 크게 띄워 주겠다니 말이다. 물론 그만큼 연예인 비누와 릴렉스 향수의 가치가 훌륭하단 점에 그녀도 저런 말을 꺼냈을 것이다.

※

오후가 되었다.

석기는 유토피아 대표이긴 했지만 서연정이 했던 제안을 혼자 결정하는 것보다는 직원들과 함께 의견을 나누는 것이 좋으리라 여겼기에 박창수, 구민재, 홍민아를 대표실로 불러들였다. 어차피 유토피아 제품이 해외에서도 판매하려면 적어도 회사의 핵심 멤버들은 알고 있어야만 할 테니 말이다.

"그러니까 서 이사님 제안을 받아들인다면 앞으로 유토피아 제품이 중국과 일본에서도 판매하게 된다는 거네요?"

"그렇습니다. 그것도 우리가 원하는 조건을 모두 맞춰 줄 의향도 있다고 하더군요."

"완전 대박이네요!"

흥분한 홍민아가 물개 박수를 보냈다. 유토피아 제품이 세계적으로 알려질 것을 생각하니 가슴이 벅찬 모양이었다.

박창수도 웃으며 끼어들었다.

공식적인 자리였기에 존대를 사용했다.

"그럼 뭘 망설입니까? 생각하고 자시고 할 필요 없이 당장 제안을 받아들이겠다고 하는 것이 좋겠습니다!"

구민재도 흡족히 고갤 끄덕였다.

"아버지에게 듣기로 서 이사님이 사업적 안목이 뛰어나신 분이라고 하더니 정말 그런 모양이네요. 게다가 직접 연예인 비누와 릴렉스 향수를 사용해 보신 분이니 우리 유토피아 제품에 대해 누구보다 잘 알고 있기도 할 테고요. 그런 점에서 저도 제안을 받아들이는 것이 좋겠다고 생각합니다."

석기는 내심 짐작은 하고 있었지만 역시 다들 서연정의 제안을 받아들이자는 분위기였다.

"알겠습니다. 모두의 뜻이 그렇다면 서 이사님께 제가 연락드리도록 하죠. 다음으로 의논을 할 일은 권진아 씨 문제입니다."

석기가 구민재를 힐끗 쳐다봤다.

권진아를 양평 연구소에 일자리를 갖게 해 줄 생각이었지만 구민재의 생각도 중요했다.

참고로 양평 연구소의 이름은 〈유토피아 연구소〉로 정해졌고, 연구원들의 수도 지금은 제법 늘어난 상태였다.

"연구소에 사람을 더 채용하지 않아도 되겠어요?"

"실험을 도와줄 연구원은 충분하니 되었고, 잔일을 해 줄 사람이 있으면 좋긴 하겠습니다."

구민재 대답에 석기가 흐뭇하게 웃었다. 권진아가 맡기에 적당한 일자리였기에.

"그렇다면 권진아 씨 어때요?"

"권진아 씨요?"

구민재도 권진아를 모르지 않았다. 공개 체험 이벤트에 참가하여 용기 있게 진실을 밝힌 그녀를 좋게 생각하고 있었다.

게다가 구민재는 과거에 화상을 입어 흉측한 얼굴로 지낸 경험을 갖고 있다 보니 권진아에게 동질감 비슷한 감정을 갖고 있었다.

"권진아 씨가 TV 나오는 바람에 얼굴이 알려져서 다른 곳에 취업하기가 곤란하거든요. 그래서 사람들의 왕래가 거의 없는 한적한 연구소가 적격이라 여겨지네요. 물론 구민재 씨의 의견이 중요하니 원치 않는다면 권진아 씨를 채용하지 않아도 괜찮습니다."

"아닙니다. 권진아 씨라면 저도 괜찮을 것 같네요. 연구소엔 경호원들도 있으니 다른 곳에서 일하는 것보다 훨씬 안전할 테니까요."

"실은 아까 권진아 씨와 통화를 나누었거든요. 시켜만 준다면 열심히 일하겠다고 하더군요."

석기는 대표실로 이들을 불러들이기 전에 미리 권진아와 통화를 나눈 상태였다.

그녀는 며칠 동안 하는 일 없이 박창수 오피스텔에서 놀고 먹는 것이 꽤 불편했던 모양인지 석기가 연구소 일자리 얘기를 꺼내자 몹시 반색했다.

"잘되었네요. 서울서 오고가기 어려울 테니 숙소도 아예 양평으로 옮기는 것도 좋겠네요. 연구소에 숙직실이 있긴 하지만 그곳보단 저희 집에 빈방이 있으니 아버지께 말씀드려서 저희 집에서 머무는 것도 좋겠어요."

"같은 집에서 권진아 씨와 함께 지내면 불편하지 않겠어요?"

"권진아 씨만 괜찮다면 저는 상관없습니다. 아버지도 사람이 들어오면 덜 적적하실 테고요."

"그럼 숙소 문제는 권진아 씨에게 정하라고 하죠."

"알겠습니다."

석기는 권진아 문제가 해결되자 마음이 한결 가벼워졌다. 비록 석기의 도움으로 중국으로 도피했던 그녀가 무사히 한국에 들어올 수 있었지만 공개 체험 이벤트에서 유토피아를 위해서 진실을 밝힌 그녀였기에 거취 문제에 계속 신경이 쓰이던 터였다.

"이제 내 오피스텔로 돌아갈 수 있게 되었네!"

박창수가 히죽 웃었다. 석기와 함께 오피스텔에서 지내는 것이 싫지는 않았지만 아무래도 자신의 거처로 돌아갈 수 있다는 것이 즐거운 모양이었다.

그때 회의가 끝난 것에 핸드폰을 확인하던 홍민아가 흥분한 기색으로 석기를 쳐다봤다.

"대표님! 우리 실검 1위에요!"

"실검 1위요?"

"보세요. 1위부터 10위까지가 전부 유토피아 제품과 연관된 내용들이에요. 특히 이번엔 릴렉스 향수가 1위를 먹었어요!"

홍민아가 얼른 핸드폰을 석기에게 내밀어 보였다.

1위 : 릴렉스 향수

2위 : 연예인 비누

3위 : 유토피아 제품

4위 : 천상의 향기

(중략)

10위 : 갤로리아 백화점

박창수와 구민재도 잽싸게 핸드폰을 확인했다.

"와아! 정말이네? 이번엔 릴렉스 향수가 1위를 먹었는데?"

"오오! 진짜 그러네요!"

크게 들뜬 박창수와 구민재 모습에 석기도 홍민아에게 핸드폰은 돌려주고 얼른 자신의 핸드폰으로 검색해 보았다.

실검에 이어 인터넷에 릴렉스 향수와 연예인 비누에 대한 후기가 도배가 되다시피 했다.

–릴렉스 향수! 천상의 향기가 아닐 수 없다! 갤로리아에 입점한 유토피아를 방문해서 릴렉스 향수를 하나 구매했다! 거금 500만 원! 엄청 손이 떨렸지만 제가 워낙 향수 덕후라 큰맘 먹고 그만 질러 버렸다! 근데 향기도 끝내주지만 스트레스가 한 방에 사라지는

신기한 경험을 하게 되었다! 진짜 이거 완전 물건이다! 내일 적금 깨서 갤로리아를 또 방문해서 릴렉스 향수를 쟁여 놓을 생각이다!

－릴렉스 향수 한번 뿌렸더니 레알 마음이 너무 평온해요! 지끈 거리던 두통도 싹 가셨어여~ㅎㅎ 돈이 전혀 아깝지 않네여~

－이건 향수가 아니라 신이 내린 은총의 선물 성수다! 눈앞에 신세계가 펼쳐지는데 감동의 눈물을 흘리고 말았다! 무엇보다 몸에 나던 악취가 싹 가셨다능~흐흐흐!

－내일 저도 갤로리아 갑니다! 돈이 없는 관계로 가장 적은 용량인 릴렉스 향수를 사겠지만 효과는 같다고 했으니 기대 만빵입니다!

－민예리가 광고 모델인 거 보고 반해서 릴렉스 향수 구입했는데 이거 진짜 대박입니다! 완전 좋아요! 추천 따따블 찍습니다!ㅎ

－갤로리라에서 겟한 연예인 비누 사용 후기 올려 봅니다! SB방송 〈진위 여부〉 보고 반신반의 했는데 사용해 보니 진짜더라고요~ 비포 앤 애프터 사진 올렸어여~ 피부가 완전 좋아진 거 장난 아니죠?ㅎㅎ

－저도 인증 샷 남깁니다! 한 번 사용했는데 트러블이 거짓말처럼 자취를 감췄어요~ 너무 기뻐서 언니랑 내일 갤로리아 또 방문해서 비누를 구매할 생각이에요

－연예인 비누 만들어 주신 유토피아 대표님! 진짜진짜 감사합니다! 사랑해요!ㅎㅎㅎ

인터넷에 올라온 후기를 읽은 석기를 비롯하여 직원들 광

대가 하늘 높이 승천했다.

❊

하늘엔터테인먼트 대표 채현우.

그는 병원을 방문하게 되었다.

과거에 뺑소니 사고를 당한 후로 식물인간이 되어 버린 아내였고, 아직도 깨어나지 못하고 있었다. 채현우는 처제 민예리가 광고 모델로 나온 릴렉스 향수가 이번에 실검 1위를 찍은 사실을 병상의 아내에게 자랑하듯이 말했다.

"여보. 이번에 처제가 찍은 향수 광고가 대박을 터트렸어. 릴렉스 향수라고 실검 1위까지 찍었어. 향기가 얼마나 좋은지 몰라. 당신도 한번 맡아 보면 참 좋을 텐데."

채현우는 아무런 반응을 보이지 않는 아내였지만 처제 민예리에 관한 얘기를 꺼냈다. 문병을 올 때마다 아내가 말귀를 알아듣는 사람처럼 이런저런 얘기를 해 주곤 했다.

채현우가 중환자실에서 나왔다.

마음 같아선 계속 아내 곁에 붙어 있고 싶었지만 면회 시간이 정해져 있었다. 복도로 나온 채현우는 마음이 울적했다. 그러다 그의 발길이 건물 옥상에 조성된 정원으로 나오게 되었는데, 그곳에서 뜻밖의 인물을 발견하게 되었다.

'저 인간은 오장환 회장 아냐?'

오장환이 병원에 있는 이유.

안 봐도 비디오였다. 법에 저촉된 일에 관련되자 건강을 들먹이면서 휠체어를 타고 병원으로 도피한 것이 분명했다.

지금 오장환은 매우 건강해 보였다.

병원에 입원한 사람에게 차마 돌을 던질 수 없는 사람들의 심리를 이용하고자 환자 코스프레이를 하고 있는 것이다.

'저런 악독한 인간은 정말 콩밥을 먹어야 하는 건데.'

유토피아를 저격하고자 넙튜에 올렸던 가짜 비누 영상을 비롯하여 유토피아 이벤트를 망치고자 조폭들을 동원했던 일이 모두 오장환의 사주로 비롯된 일임이 밝혀졌다.

심지어 측근 차 이사가 오장환을 배신하려던 것을 눈치채자 덤프트럭 운전기사를 사주하여 차 이사를 죽음에 이르게 만들기까지 했다.

그럼에도 오장환은 법의 심판을 받지 않고 휠체어를 타고 병원을 버젓이 돌아다니고 있었다. 게다가 곁에는 비서실장과 경호원으로 보이는 이들을 잔뜩 달고 정원을 전세라도 낸 듯이 보이는 분위기였다.

'그만 내려가는 게 좋겠군.'

괜히 정원에 나와서 기분만 더 찝찝해졌다.

채현우 등장에 경호원 하나가 인상을 쓰면서 다가오고 있는 것을 봐선 그를 이곳에서 강제로 쫓아내려는 의미일 터. 괜히 경호원과 언쟁을 하고 싶지 않았기에 얼른 발길을 돌렸다.

바로 그때였다.

"이거 채 대표 아닌가?"

오장환이 채현우를 알아봤다.

돌아선 채현우가 '젠장!'을 외쳐 댔다.

오장환과 말을 섞고 싶지 않았지만, 할 수 없이 채현우는 고개를 돌려 아는 척을 하게 되었다.

"오 회장님이시군요! 병원에 계신 줄은 미처 몰랐습니다."

오장환은 휠체어를 타고 있는 것을 무슨 특권이라도 되는 듯이 기세등등한 기세로 입을 놀렸다.

"채 대표도 알고 있겠지만 요즘 세상이 하도 시끄러워서 말일세. 잠시 도피해 있기엔 병원처럼 좋은 곳도 없다네."

참으로 뻔뻔하기 그지없었다.

채현우는 욕지기가 치밀어 올라왔지만 참았다.

사실 채현우는 명성 신제품 스킨 커버 문제로 이미 오장환을 상종할 수 없는 인간으로 분류하고 있던 상태였다. 포장만 더 고급스럽게 바뀌었을 뿐, 내용물은 똑같은 것을 가지고 신제품이라고 속였다. 다행히 명성 신제품 광고를 찍고자 했던 처제 민예리가 영리하게 굴어서 오장환과 더는 엮이지 않게 되었다.

채현우 침묵에 오장환이 다시 말을 걸었다.

"이곳 원장에게 듣자 하니 채 대표 아내가 식물인간의 상태라고 들었네. 마음고생이 크겠어."

"염려해 주셔서 감사합니다."

"민예리 배우! 이번에 릴렉스 향수로 대박을 터트렸더군!"

"운이 좋았습니다."

채현우는 오장환과 길게 말을 섞고 싶지 않았지만, 푸념을 늘어놓고 싶었든지 오장환이 채현우를 놔주지 않았다.

"릴렉스 향수가 실검 1위까지 차지했더군. 우리 명성의 제품은 갤로리아에서 퇴출당했는데, 유토피아는 오히려 승승장구하고 있는 분위기야. 그래서 기분이 안 좋아."

"오 회장님! 제가 급히 만나 볼 사람이 있어서 이만 가 봐야겠습니다. 몸조리 잘하세요."

채현우는 더는 이곳에서 오장환의 푸념을 들어줄 필요가 없었기에 몸을 돌렸다.

하지만 그런 채현우를 도발하듯이 오장환이 다시 입을 열었다.

"명성의 신제품 스킨 커버! 민예리 배우가 그걸 일부러 사용한 것 알고 있네. 위약금을 물지 않고 계약을 파기하려고 말이지."

오장환의 말을 들은 채현우는 이를 악물었다.

명성과의 광고 계약 파기를 하고자 민예리는 얼굴 피부가 뒤집어지는 것까지 감수했다.

허위 광고로 대중을 기만하려던 광고를 찍기 싫어서 말이다. 그리고 명성에서도 구린 구석이 있으니 민예리와의 광고

계약 파기를 순순히 해 주었을 것이다. 그랬기에 저자세를 보일 이유가 없었다.

스윽!

채현우가 오장환을 돌아다 봤다.

비열한 오장환 입에서 처제 민예리 얘기가 나온 것이 역겨웠다.

"이미 끝난 문제를 들먹이는 것은 사업가다운 처세는 아닌 듯싶습니다. 그리고 저희 하늘엔터 소속 연예인들은 다시는 명성 광고를 찍을 일이 없을 겁니다."

"그럼 유토피아 광고는 찍을 생각인가?"

"물론입니다!"

"이유가 뭐지?"

"유토피아 제품은 대중을 속이지 않았으니까요. 그럼 가 보겠습니다."

채현우가 정원에서 사라지자 오장환이 주먹을 부르르 떨어 댔다.

"건방진 놈!"

버러지 같은 채현우가 오장환 앞에서 건방진 행동을 보인 것이 용납할 수 없었다.

-당분간은 소란피우지 말고 자중하는 것이 좋을 거다.

이번에는 네놈을 도와줬지만 이런 일이 두 번 다시 생길 시에는 그때는 땅을 파서 묻어 버릴 테니까.

오장환의 장인 주현문.
명성금융의 총수인 장인에게 천운그룹을 들먹인 것이 확실히 효과를 발휘했다. 해서 주현문은 재력을 이용하여 오장환을 검찰에 구속되지 않도록 힘을 써 주었다. 차 이사가 몰래 대비책으로 준비했던 녹음 파일도, 덤프트럭 기사가 실토한 내용도 돈 앞에서는 모두 무용지물이었다.

-그리고 명성샘물은 몰라도 명성화장품은 그만 접어 버리는 것이 좋을 거다. 갤로리아에서 퇴출당한 것으로 이미 대중에 흠집이 난 화장품으로 인식되고 있을 텐데, 더는 명품의 이미지를 부각시키기는 어려울 거다. 돈도 되지 않은 사업을 계속 끌고 가 봤자 적자만 날 것이니 하루라도 빨리 정리하는 것이 이득이다!

며칠 사이에 명성화장품 주가가 크게 떨어진 상태였다. 이대로 가다간 바닥까지 하락할 추세였다.
그리고 그동안 명성화장품이 국내에서 명품이라는 소리를 들을 수 있었던 것은 셀럽들에게 인기 있는 제품이기 때문인데 이번 파문으로 이젠 누구도 명성화장품을 거들떠보지 않을 것이니 솔직히 명성화장품의 비전은 없다고 봐도 좋았다.

―차라리 미디어 사업에 주력하는 것은 어떻겠느냐? 세라도 언제까지 놀고 지내게 둘 수는 없지 않느냐. 마침 세라가 그쪽 분야에 관심을 보이고 있으니 연예기획사, 제작사, 배급사까지, 아예 통합해서 명성미디어 사업을 꾸려 보는 것도 좋겠구나. 그쪽 사업이라면 나도 도움을 줄 생각은 있으니 말이다.

한편으론 오장환도 갤로리아에서 명성화장품이 퇴출당한 것에 자존심이 크게 상한 터였기에 장인 주현문의 제안이 솔깃하긴 했다.

사실 돈이 많이 들어가는 미디어 사업이긴 했지만 잘만 운영하면 다른 사업보다 더욱 큰돈을 벌어들일 수 있었기에 말이다.

더군다나 국내에서 세 손가락 안에 들어가는 현금 부자로 알려진 명성금융의 총수인 장인 주현문이 나서서 도와준다니 오장환으로선 더없이 좋은 기회였다.

'그렇다면 장인의 마음이 바뀌기 전에 이번 기회에 명성화장품을 처분해서 미디어 사업에 집중하는 것도 괜찮겠군.'

조금 전에 오장환 앞에서 유토피아를 칭찬하면서 건방을 떨어 댔던 채현우를 떠올리자 더욱 미디어 사업에 손을 대고 싶어졌다.

'내가 미디어 사업에 손대기 시작하면 가장 먼저 하늘엔터

를 도산시켜 버리고 말리라!'

오장환이 남 실장을 쳐다봤다.

덤프트럭 건을 제대로 마무리 짓지 못한 남 실장이지만 지금은 곁에 두고 부려 먹을 인물이 없다는 점에 일단 내치지는 않았다.

"남 실장! 자네에게 한 번 더 기회를 주도록 하지! 그러니 정신 똑바로 차리고 나를 보필하도록 해야 할 것이다!"

"감사합니다, 회장님! 더욱 성심을 다해 회장님을 보필할 것입니다!"

오장환이 굽실거리는 남 실장을 향해 지시를 내렸다.

"명성화장품을 정리할 것이니 오늘부터 그 문제는 남 실장이 맡도록 하지."

"명성화장품을 정리한다고요?"

남 실장이 놀란 표정을 지었다.

국내에서 명품으로 알려진 명성화장품은 그동안 명성기업을 먹어 살리는 효자 노릇을 해 왔다.

이번 소동으로 지금 당장은 대중에 외면을 받고 있지만, 금방 명성화장품의 기세를 회복할 것이라 여기고 있었다.

하지만 그런 남 실장의 생각과는 달리 명성화장품을 접을 생각이 확고한 오장환의 눈빛이다.

"그곳을 정리하고 미디어 사업을 시작할 거다."

"미디어 사업을요?"

"기획사, 제작사, 배급사까지! 대한민국에서 제일 큰 통합 미디어 사업을 꾸려 나갈 것이다!"

명성금융 총수인 장인 주현문이 뒤에서 도와준다는데 거절할 이유가 없었다.

❖

갤로리아 백화점.

석기는 서연정을 만났다.

어제 서연정이 석기에게 구두로 제안했던, 해외 지사에 유토피아 제품 입점 계약에 관련하여 변호사를 불러 놓고 정식으로 서류를 작성하게 되었다.

신생 업체인 유토피아였지만 갤로리아 최대 주주인 서연정은 연예인 비누와 릴렉스 향수의 가치를 높게 책정해 준 덕분에 상당히 좋은 조건을 제시했다. 그리고 갤로리아 대표 태성호 역시 서연정의 뜻을 흔쾌히 따랐다.

"신 대표님! 유토피아 제품을 해외 지사에도 입점할 수 있게 되어 갤로리아 대표로서 진심으로 기쁘게 생각합니다!"

"저도 좋은 조건으로 계약을 하게 되어 태 대표님과 서 이사님께 감사하게 생각합니다!"

태성호와 웃으며 악수를 나눈 석기는 서연정과 함께 이사실로 들어왔다. 그녀가 석기에게 뭔가 할 말이 있는 눈치였기에.

"혹시 알고 계세요? 오장환 회장이 구속되지 않았다고 하네요."

"네, 알고 있습니다. 실은 어제 하늘엔터 채현우 대표님이 연락을 주셨어요. 병원에서 오장환 회장을 만났다고 하더군요."

"많이 허탈하시죠?"

"이번에는 증거 자료도 충분해서 빠져나갈 수 없다고 여겼는데…… 역시 재력의 힘이 막강하긴 하네요."

"오장환 회장이 구속되는 것을 막기 위해서 명성금융에서 검찰에 압력을 넣었을 거예요. 최이사가 준비한 녹음 파일은 증거 불충분으로 처리되었을 테고, 덤프트럭 운전기사도 말을 번복했다고 하더군요."

서연정 말에 석기는 씁쓸히 웃었다. 돈만 있으면 아무리 범죄를 저질러도 죄가 없는 것으로 처리될 수 있다는 것이다. 세상은 재력이 곧 힘이라는 것을 이번 일로 뼈저리게 깨달았다.

"오장환 회장이 갤로리아에서 명성화장품이 퇴출된 것 때문에 자존심에 스크래치를 심하게 입었는지 명성화장품을 처분한다고 하네요."

"명성화장품을 처분한다고요?"

"결국은 유토피아 제품이 명성화장품을 압도한 셈이죠.

오장환 회장도 유토피아 제품을 능가할 제품을 만들 수 없다는 것을 깨닫고 화장품 사업에서 손을 떼려는 것이 분명해요. 어차피 명성화장품은 명품으로 승부를 봤는데 이번 일로 그것이 깨진 셈이니 말이죠."

석기의 눈이 희열로 빛났다.

명성화장품을 접게 만든 것에 뿌듯함을 느끼고 있는데, 서연정 말이 다시 이어졌다.

"그런데 화장품 사업을 접는 대신에 미디어 사업에 손을 댄다죠?"

"미디어 사업에 손을 댄다고요?"

"연예기획사, 제작사, 배급사까지 통합 미디어 사업을 크게 벌일 모양이더라고요. 듣자하니 명성금융에서 오장환 회장을 전폭적으로 밀어주기로 했다나 봐요."

회귀 전과 상황이 달라졌다.

통합 미디어 사업.

회귀 전에는 하지 않던 사업이다.

화장품과 샘물 사업으로 오장환을 눌러 버리겠다는 석기의 의도였는데 이렇게 되면 그도 생각이 많아질 수밖에 없었다.

"신 대표님! 중국과 일본에도 연예인 비누와 릴렉스 향수 가격은 국내와 같게 판매하실 거죠?"

오장환이 통합 미디어 사업을 시작할 것이라는 말에 잠시 생각에 잠겼던 석기의 눈이 앞의 서연정을 쳐다봤다.

현재 국내에서 유일하게 유토피아 제품을 살 수 있는 곳이 바로 갤로리아 백화점이었는데, 〈연예인 1호〉가 300만 원이었고, 〈릴렉스 1호〉는 500만 원을 받고 있었다.

"그건 아닙니다."

"그게 아니라면 국내에서 받던 가격보다 중국과 일본에선 더 저렴하게 판매하실 모양이로군요."

"그것도 아닙니다."

"그것도 아니라고요?"

서연정이 의아한 표정을 지었다.

그런 서연정을 향해 석기가 생각한 바를 꺼냈다.

"국내가 아닌 해외에서 판매되는 저희 유토피아 제품은 국내에서 거래되는 가격보다 두 배로 가격을 높여서 받을 생각입니다."

"두 배로 가격을 높인다고요? 그럼 〈연예인 1호〉는 600만 원이 되겠고, 〈릴렉스 1호〉는 1천만 원이 될 텐데요."

"맞습니다. 국내에서 인정받고 있는 유토피아 제품이니 해외 시장에서도 마찬가지일 것이라 봅니다. 해외에서 유토피아를 명품으로 인식시키기 위해선 고가의 가격대로 가는 것이 승산이 있을 것이라 판단해서 내린 결론입니다."

해외 지사에 입점하게 될 유토피아 제품에 대한 판매 가격은 사실 직원들과 상의하지 않는 상태였지만, 만일 직원들이 반대한다고 해도 석기의 뜻은 변함이 없을 터였다.

아시아의 작은 나라에서 생산된 유토피아의 제품이나 성수가 들어간 제품들이었다. 세상 어디에도 없는 특별하고도 신비로운 제품들이기에 통할 것이라 여겼다.

"흐음, 어쩌면 신 대표님의 말씀대로 그것도 좋은 방법이긴 하겠네요. 사람의 심리란 것이 손에 넣기 어려운 것일수록 더 갖고 싶어지는 것이 일반적인 사람의 마음일 테니 말이죠. 그건 외국인들도 그럴 거고요. 그런 점에서 해외 지사와 차별화를 둔다면 국내에 있는 저희 갤로리아 입지가 더욱 부각될 수도 있겠네요."

"그럴 거라 생각합니다. 대한민국이 유토피아 제품을 거래하는 본점이라는 것에 더욱 유명세를 타게 되겠죠. 서 이사님께서 저를 열심히 도와주시는데 국내의 갤로리아도 뭔가 혜택을 보셔야 하지 않겠습니까? 저는 서 이사님이 아닌 다른 사람과는 유토피아 제품을 거래할 마음이 없거든요."

석기가 서연정을 진심으로 배려한다는 것을 느껴서인지 서연정의 안색이 환하게 변했다. 고혹적인 미소를 머금은 서연정이 살짝 고개를 숙여 보였다.

"감사합니다. 우리 신 대표님 말씀을 참 예쁘게 잘하시네요. 그렇다면 저도 신 대표님을 실망시키지 않도록, 갤로리아와 손을 잡은 유토피아가 세계적인 명품의 반열에 오를 수 있도록 최선을 다해 조력 하겠습니다."

석기는 서연정과의 인연을 오래 갈 생각이었다. 사업적인 마인드도 그렇고 인성도 좋은 사람이었다. 아무리 유토피아 제품이 훌륭하다고 할지라도 그걸 알아주는 사람이 없다면 사업을 크게 키우기 어려울 터였는데 다행히 석기는 운이 좋은 셈이었다.

"그럼 계약도 잘 끝났고 하니 이만 돌아가 보겠습니다."

"그래요. 혹시 유토피아에서 두 가지 제품 말고 다른 제품을 더 만들게 되면 연락 주세요. 저희는 유토피아에서 만든 제품이라면 모두 수용할 생각이니까요."

"말씀만으로도 감사합니다. 만일 유토피아에서 다른 제품이 제작된다면 가장 먼저 1 순위로 서 이사님께 알리도록 하겠습니다."

"호호호! 약속했어요."

"나중에 연락드리겠습니다."

갤로리아에서 볼일을 마친 석기의 다음 행선지는 하늘엔터 대표인 채현우의 아내가 입원 중인 오성병원이었다.

부르릉—!

차를 출발했다.

서연정에게 오장환이 통합 미디어 사업에 손을 댄다는 정보를 입수하자 문득 채현우가 떠올랐다.

비열한 오장환 성격이다.

명성제품이 갤로리아에서 퇴출당한 것을 유토피아 때문이라고 이를 갈고 있을 텐데, 유토피아 제품인 릴렉수 향수 광고를 찍은 민예리를 결코 좋게 생각할 리 없었다.

그랬기에 민예리 소속사인 하늘엔터 대표인 채현우에게 억하심정을 갖고 있을 것이 뻔했다.

'오장환이 미디어 사업을 시작하면 가장 먼저 손을 보고 싶어 할 대상으로 하늘엔터를 찍었을 확률이 백퍼다.'

하늘엔터에 대해 석기도 알아봤지만 재정 상태가 그리 넉넉한 곳은 아니었다.

소속 연예인들 숫자도 많지 않을뿐더러, 돈벌이가 되고 있는 연예인도 그나마 민예리가 전부였다. 거기에 채현우 아내는 식물인간의 상태로 오랜 기간 중환자실에 머물고 있다. 돈 들어갈 구멍이 많다 보니 대출로 겨우 기획사를 연명하고 있는 상태일 것이다.

'엔터 사업은 가급적 화장품과 샘물 사업으로 자리를 구축한 후에 천천히 시도하려 했지만, 하필 오장환이 통합 미디어로 손을 뻗치게 되었으니……'

회귀 전에 명성의 본부장을 지낸 석기였고, 그때 당시 엔터 사업에도 손댄 상태였다.

그랬기에 엔터 사업이 어떤 식으로 돌아가는지 정도는 그도 잘 알고 있었다.

"응?"

그때 중환자실 병원 복도에 이른 순간 석기의 눈에 익숙한 인물이 보였다.

바로 채현우였다.

복도에 일렬로 놓인 의자에 힘없이 앉아 있던 채현우가 근처로 다가온 인기척에 그에게로 고갤 돌리더니 눈이 동그래졌다.

"신 대표님! 여기엔 웬일로?"

"마침 병원에 볼일이 있어서 왔다가, 채 대표님 생각이 나서 한번 찾아와 봤습니다."

오늘 역시도 아내를 문병 하고자 병원을 방문한 채현우였다. 기획사에서 퇴근 하면 별일이 없는 한은 꼭 병원을 찾아와 아내 얼굴을 보고 가는 것이 채현우의 하루 일과 중의 하나였던 것이다.

"면회를 시작하겠습니다!"

중환자실 출구를 관리하는 안내원의 목소리에 의자에서 대기 중인 환자 보호자로 보이는 이들이 안으로 움직였다.

"여기까지 오셨는데 함께 들어가실래요?"

"그러죠."

병원에서 준비한 절차대로 소독을 마친 후에 석기는 채현우를 따라 중환자실에 들어오게 되었다.

채현우 아내가 보였다.

여러 가지 의료기구들을 주렁주렁 몸에 부착한 채로 침대에 눈을 감고 미동 없이 누워 있는 환자의 상태였다.

사실 석기가 이곳을 찾아온 것.

채현우에게 오장환이 시작하려는 미디어 사업에 대해 경각심을 갖도록 미리 말을 해 줄 의도로 찾아온 것도 있지만, 한편으론 채현우 아내로 인해서였다.

'식물인간도 성수가 통할까?'

어제 채현우를 통해 병원에서 오장환을 만났다는 얘기를 듣고 나서 석기는 식물인간의 상태인 채현우 아내에게 성수를 적용시켜 보면 어떨까 싶었다.

사실 그런 생각을 갖게 된 것은 서연정이 릴렉스 향수를 이용하여 술에 취한 태성칠을 물리친 점에 혹시 식물인간에게도 성수의 효력이 통할지도 모른다고 생각했다.

만일 채현우 아내가 성수의 도움으로 식물인간의 상태에서 벗어나게 된다면 채현우의 활동 범위가 보다 넓어질 터였다.

채현우와 알고 지낸 세월이 그리 길지는 않지만 인성이 바른 인물임은 알 수 있었다. 적어도 오장환 같은 인간쓰레기에게 당하도록 만들고 싶지 않았다.

그리고 혹시라도 나중에 석기가 엔터 사업에 뛰어들게 된다면 그의 사람이 필요했다. 그런 점에서 채현우는 제법 믿을 만한 사람이라는 판단이 섰기에 채현우에게 있어서 가장 걸림돌이 되고 있던 그의 아내를 치료해 줄 생각이다.

물론 성수가 효과가 없을 지도 모른다.

하지만 밑져야 본전이라고 봤다.

"제 아내입니다."

"아, 네에."

채현우는 미동 없는 아내를 석기에게 소개하고는 쑥스럽게 웃더니 환자를 향해 말을 걸듯이 나왔다.

"여보, 유토피아 신석기 대표님이셔. 처제 예리가 찍은 릴렉스 향수 광고가 바로 신 대표님의 회사에서 만든 제품이야. 신 대표님이 당신을 보러 문병을 오셨기에 이렇게 모셨어."

채현우가 환자를 향해 석기에 대한 소개를 마치 정신이 말짱한 환자를 대하듯이 말하고 나서였다.

중환자실을 담당하고 있던 의사 하나가 채현우에게 다가와 아는 척 인사를 건넸다.

"오늘도 오셨군요."

"네에."

"안 그래도 오실 것 같아서 기다렸습니다. 환자에 대해 긴히 할 말이 있는데 저 좀 잠깐 보시죠."

"알겠습니다. 신 대표님. 잠시만 혼자 계셔야겠습니다."

"걱정 말고 다녀오세요."

채현우가 의사를 따라 옆방으로 가 버리자 석기 혼자 채현우의 아내 곁에 있게 되었다.

'차라리 잘되었군.'

안 그래도 환자에게 성수의 힘을 적용시켜 볼 생각이었는데, 채현우가 곁에 없는 편이 좋았다.

'수액이라.'

석기는 환자의 팔에 고정된 수액을 살피듯 쳐다봤다. 수액의 성분은 수분이었다. 성수는 수분으로 이루어진 물질에만 통했다.

수액은 식물인간의 상태인 채현우 아내에게 주사액을 편하게 주입하는 용도로 사용되고도 있지만, 자가 호흡을 하지 못하는 환자의 영양과 수분을 공급할 목적이 컸다.

그랬기에 수액을 성수로 전환시킨다고 해도 환자에게 무리는 없을 것이라 여겼다.

그래도 확실한 것이 좋았기에.

'블루. 환자가 식물인간의 상태인데 수액을 성수로 전환해서 사용해도 문제가 없을까?'

-문제가 없을 겁니다.

'알았어.'

블루의 확답까지 받은 석기는 환자의 팔에 연결된 수액의 줄에 가만히 손을 가져다 댔다.

'식물인간의 상태에서 너무 강한 성수는 부담이 될지도 모르니 3일짜리 성수가 적당하겠군.'

마음 같아선 농도가 진한 성수를 적용시켜 환자의 상태를 단번에 호전되게 만들고 싶었지만, 허약해질 대로 허약해진 환자에게 갑작스런 변화는 좋지 못할 것이란 생각이 들었다. 좀 늦게 회복이 되더라도 무리 없이 천천히 회복이 되는 편이 환자에게 좋을 것이라 여겼다.

츠르륵!

수액이 성수로 전환되었다.

그럼에도 표면상 수액의 변화는 전혀 찾아볼 수 없었다.

짧은 순간 수액의 줄을 잡았다 떼었을 뿐이었기에, 석기가 이곳에서 취한 행동은 누가 보더라도 의심을 사지 않을 터였다.

그때 채현우가 다시 돌아왔다.

그의 표정이 아까에 비해 많이 어두워진 걸로 보아선 의사에게 환자에 대해 좋지 못한 얘기를 들은 것이 아닐까 싶었다.

면회 시간이 끝났다.

그때까지도 채현우의 아내는 별다른 반응이 나타나지 않은 상태였다.

두 사람은 병원 근처에 있는 카페로 이동했다.

커피로 입을 축인 후에 석기가 넌지시 채현우에게 말을 걸었다.

"의사에게 안 좋은 소리를 들은 모양이죠?"

"네에."

채현우의 눈동자에 습기가 차올랐다. 차마 석기 앞에서 울수는 없었기에 억지로 참으며 의사가 했던 얘기를 석기에게 털어놓았다.

"기적이 일어나지 않는 한은 아내가 회복될 확률이 없다고 하더군요. 모두 제 욕심 같아요. 이렇게 아내를 계속 붙들고 있는 것이…… 정말 잘하는 짓인가 하는 생각이 드네요."

"힘내세요. 채 대표님의 아내분은 분명 회복되실 겁니다. 그리고 앞으로 저도 열심히 문병을 오도록 하겠습니다."

석기의 말에 채현우의 눈에서 기어코 눈물이 쏟아졌다.

"가, 감사합니다! 흐윽!"

아내가 식물인간의 상태가 되고 나서 친하던 이들이 하나둘 그의 곁에서 멀어져 버렸다. 병원에 문병을 오는 사람도 이제 채현우와 처제 민예리가 전부였다. 그랬기에 석기가 이렇게 병원을 찾아와준 것이 채현우로선 너무 고마웠다.

그렇게 채현우가 한바탕 눈물을 쏟고 나서였다.

웅웅―!

진동 모드로 해 놓은 채현우 핸드폰이 울어 댔다.

액정을 확인한 채현우가 불안한 표정으로 전화를 받았다.

"네! 네! 지금 병원 근처입니다! 혹시 그 사람에게 무슨 일이 생긴 겁니까?"

―빨리 와 보셔야겠어요. 민예나 환자가 손가락을 움직였어요. 그것도 여러 번이나 말이죠.

"하아! 그 사람이 손가락을 움직였다고요? 그게 정말입니까?"

몇 년 동안이나 아무런 반응을 보이지 않았던 채현우 아내가 처음으로 보인 반응에 채현우는 제정신이 아니었다. 얼른 가 보라는 석기의 말에 부랴부랴 채현우가 카페를 벗어났다.

'성수가 효과를 본 모양이다.'

석기가 조용히 웃었다.

야산에
묻혀버렸더니

홀리광고를 인수하다

다음 날 아침.

석기는 오늘은 일찌감치 채현우 아내가 입원하고 있는 오성병원을 방문하게 되었다.

3일짜리 성수.

수액을 성수로 전환한 덕분에 식물인간의 상태였던 환자가 손가락을 움직인 것이다.

만일 오늘도 수액을 성수로 전환한다면 환자에게 어떤 변화가 생길지 궁금했다.

'역시 밤새 병원에 있었나 보군.'

중환자실 복도에서 채현우를 발견했다.

채현우 옷차림은 어제와 같았다.

잠을 못 잔 사람처럼 초췌한 몰골이다.

아내에 대한 사랑이 각별한 사람이다.

밤새 병원 복도에서 지냈던 모양이었다.

병원에 일찍 찾아오기를 잘했다고 생각했다.

채현우의 몰골은 초췌했지만, 아내의 상태가 호전된 것에 대한 기쁨 때문인지 눈빛은 샛별처럼 밝았다. 석기가 채현우 어깨를 툭 치며 아는 척했다.

"아내분은 좀 어떠세요? 어제 손가락이 움직였다고 하지 않았나요?"

"맞아요! 하하하! 기적이 일어났습니다! 아내가 손가락을 움직였어요! 그동안 아무런 반응이 없던 아내가 처음으로 움직였어요!"

채현우는 세상을 거머쥔 사람처럼 행복해 보였다.

오랜 기간 식물인간의 상태였던 아내였고, 심지어 의사마저도 아내를 포기했던 상황이었는데, 갑자기 아내가 손가락을 움직인 것이니 이걸 기적이라고 생각하는 눈치였다.

"그러게요. 정말 기적이네요."

"어제에 이어 오늘도 이렇게 문병을 와 주시고…… 너무 감사합니다!"

"아닙니다. 마침 병원에 볼일도 있고 해서 지나가는 길에 와봤습니다. 혹시 채 대표님이 계실까 싶어서 찾아온 건데 이렇게 또 만났네요."

"실은 어제 계속 병원에 있었거든요. 아내가 움직였다는 소리를 듣자 혼자 이곳에 남겨 놓고 돌아가기가 발이 떼어지지 않더라고요."

"그랬군요. 앞으로 점점 상태가 더 좋아질 것이라 생각합니다. 그러니 부디 힘내세요. 혹시 압니까? 그러다 갑자기 아내분이 벌떡 일어나실지."

"말씀만으로도 힘이 나네요. 감사합니다, 신 대표님!"

석기의 위로에 채현우는 크게 감격한 기색이었다. 석기의 말처럼 아내가 정말 벌떡 일어난다면 원이 없겠다는 생각마저 들었다.

"면회 시작하겠습니다!"

면회 시작을 알리자 어제처럼 석기는 채현우를 따라 중환자실 안으로 움직였다.

채현우 아내를 체크하고 있던 간호사가 아는 척 말을 건넸다.

"오늘은 일찍 오셨네요."

"우리 집사람은 어때요?"

"어제 환자분이 손가락을 움직인 후로 간간히 손가락을 꿈틀거리고는 있지만…… 그것을 제외하곤 아직 다른 변화는 없는 상태입니다."

"간호사님! 그래도 좋은 신호겠죠?"

"지금 상태라면 기대를 갖고 기다려 보는 것도 좋겠습니다."

석기는 채현우가 간호사와 얘기를 나누는 동안, 두 사람이 눈치채지 못하도록 잽싸게 수액의 줄에 손을 대었다가 떼었다.

오늘은 20일짜리 성수였다.

본래는 천천히 환자의 상태를 치유시킬 생각이었으나, 3일짜리 성수로 식물인간이었던 환자가 손가락을 움직이게 된 점에, 굳이 오래 끌 필요가 없다고 판단했다.

그리고 환자와 아무런 관련이 없는 석기가 계속 중환자실을 드나드는 것도 이상하게 여길 수도 있었기에, 20일짜리 성수로 채현우 아내가 의식을 차리도록 만들어 줄 작정이었다. 과연 통할지는 그도 미지수였지만.

바로 그 순간.

"으으ー!"

환자의 입에서 신음이 흘러나왔다.

채현우와 얘기를 나누던 간호사가 깜짝 놀란 기색으로 환자를 살펴봤다.

그러던 바로 그때였다.

"우리 집사람이 눈을……."

이번엔 환자의 눈이 스르륵 떠졌다.

식물인간의 상태였던 환자가 깨어난 것이다.

이에 간호사는 의사를 부르러 급히 움직였고, 채현우는 깨어난 아내의 손을 잡고 몹시 감격하여 눈물을 마구 흘렸다.

바로 그때였다.

"어, 언니!"

하늘엔터 소속 연예인이자 채현우의 처제인 민예리가 부랴부랴 중환자실로 들어왔다.

야구 모자를 푹 눌러쓰고 마스크로 얼굴을 가린 그녀였지만 톱급 배우의 아우라를 다 가릴 수는 없었다.

민예리는 아침에 채현우에게 언니의 상태를 전해 듣고는 그대로 병원으로 달려왔다.

"우리 언니…… 이제 살아났어! 정말 살아났어요! 흐으 윽!"

채현우의 품에 안겨 감동에 젖어 흐느끼는 민예리 모습에 석기는 조용히 중환자실을 빠져나왔다.

이제 그의 할 일은 끝났다.

채현우 아내의 의식이 깨어났으니 남은 것은 병원에서 알아서 할 것이다.

'20일짜리 성수. 역시 위력이 대단하긴 하네.'

어찌 보면 죽은 사람을 살리는 묘약과도 같았다.

그랬기에 성수에 대해선 세상에 더욱 비밀로 할 필요가 있었다.

'그건 그렇고 채 대표에게 오장환이 미디어 사업을 시작할 거라는 말을 전하지 못했네.'

그동안 식물인간의 상태였던 아내로 인하여 마음고생이 심했던 채현우였다. 아내가 깨어난 기쁜 날이니만큼, 오늘은 채현우가 기쁨을 충분히 만끽하도록 하고, 다음에 오장환 얘기를 꺼내기로 했다.

'가만? 아직 오장환이 오성병원에 머물고 있을 테니, 여기까지 온 김에 오장환 낯짝을 보고 가는 것도 괜찮겠군.'

석기의 사업체인 유토피아를 해하고자 법에 저촉되는 여러 가지 파렴치한 짓거리를 해 놓고도 명성금융의 힘을 빌려 교묘히 법망을 빠져나간 야비한 오장환이었다.

그런 오장환이 석기를 만난다면 무슨 말을 할지 매우 궁금했다. 솔직히 사과 따위는 기대도 하지 않았다. 그딴 비열한 인간이 제대로 된 사과를 할 리 만무했기에.

'오장환이 머물고 있는 병실은 보나마나 VIP병실일 테니 A 병동으로 가야겠군.'

중환자실 복도를 벗어난 석기는 승강기를 타고 옆의 A 병동으로 이동했다.

'저곳인 모양이군.'

오장환이 머물고 있는 VIP 병실.

그곳의 문 앞에 시커먼 정장을 차려입은 경호원 서넛이 늘어서 있는 것이 보였다.

'어떡한다?'

전에 채현우는 정원에서 우연히 오장환을 만난 모양이었

지만 오늘은 오장환이 언제 정원으로 나올지 미지수였다.

그렇다고 복도에서 마냥 오장환이 나오기를 기다리는 것도 답은 아니었기에 석기는 정면 돌파를 하고자 결심했다. 오장환 입장에선 석기를 절대 반기지 않을 테니 병실에 들어가지 못할 수도 있었지만, 이왕 내친걸음이었다.

하지만 바로 그때였다.

탈탈탈탈!

주위로 앞치마를 두른 도우미가 음식 카트를 끌고 오는 것이 보였다.

환자들을 위한 아침 식사 시간은 이미 지났지만 VIP 병실에 머물고 있는 오장환은 그런 것에 구애받을 인간이 절대 아니었다.

심지어 병원에서도 먹고 싶은 요리를 마음대로 요구하고 있을 것이 뻔했다.

'가만?'

음식 카트가 점점 석기와 가까워졌다.

카트에는 오장환이 요구한 음식들과 생수까지 준비된 상태였는데, 생수의 상호를 발견한 석기의 눈빛이 갑자기 반짝였다.

'명성샘물.'

명성 초장기에 시작한 사업.

그것이 바로 화장품과 샘물이다.

오장환은 이 두 가지 제품으로 크게 성과를 거두게 되었다.

하지만 이번에 갤로리아에서 명성화장품이 퇴출을 당하는 바람에 명품으로서의 가치가 손상되었다는 것에 명성에서는 화장품 사업을 접기로 했다.

그랬기에 이제 초장기에 벌였던 사업은 명성샘물만이 남게 되었으니 오장환으로선 더욱 명성샘물에 애착을 갖고 있을 것이다.

음식 카트에 명성샘물이 실린 것도 그런 오장환의 애착이 반영되었을 터.

'차라리 오장환 낯짝을 보는 것보단 저걸로 오장환을 혼쭐을 내 버리는 것도 재미있겠군.'

샘물을 독으로 만드는 것.

그만큼 부작용을 겪기는 하지만 오장환의 혼쭐을 내 버리는 일이라면 충분히 감수할 만했다.

스윽!

석기는 음식 카트가 뒤에서 오고 있는 것을 알고도 진로를 방해하듯이 움직였다.

"어어—!"

일부러 마음먹고 행동한 석기의 방해로 그만 음식 카트를 밀고 오던 도우미가 석기와의 충돌을 막고자 급작스레 동작을 멈추고 말았다.

풀썩!

석기가 자연스럽게 바닥에 주저앉는 동작을 취했다.

살짝 부딪혔기에 다친 곳은 없지만 도우미는 사람이 바닥에 주저앉은 것으로 크게 당황한 기색이었다.

스윽!

석기가 비틀거리며 일어나는 척을 하면서 음식 카트에 실린 명성 샘물에 도우미 모르게 손끝을 가져다 댔다.

'오장환이 토사곽란을 일으키도록!'

구민재를 납치했던 놈들에게 한번 사용해 본 경험이 있었는데 아주 효과 만빵이었다.

물론 석기도 잔뜩 고통을 겪는다는 것이 문제였지만, 그래도 오장환이 겪는 고통에 비해서는 절반의 고통이었고, 1시간만 지나면 고통이 깨끗하게 가셨다.

그런데 석기도 뒤늦게 알게 된 점이지만, 한 가지 재미있는 사실은 성수를 독으로 만들어도 석기가 원하는 상대에게만 그것이 적용된다는 것이다.

만일 다른 사람이 독이 들어간 명성샘물을 마셔도 오장환을 겨냥하여 성수가 독으로 전환된 것이기에, 오장환에게만 효력이 발휘된다는 놀라운 점이었다.

게다가 뚜껑이 오픈되지 않은 명성샘물의 상태이니 생수에 문제가 있다는 것을 오장환은 까맣게 모를 터. 그저 명성에서 생산한 생수에 문제가 있다고 생각하여 오장환은 명성샘물을 마시고 토사곽란이 일어나도 어디 가서 하소연도 못할 것이다.

"아주머니, 저 괜찮으니 그만 가 보세요."

"아이고, 죄송합니다."

석기는 음식 카트가 있는 곳을 잽싸게 벗어나 복도의 한곳에서 대기했다.

경호원들이 음식 카트를 받아 오장환 병실로 들이고 나서.

5분 정도가 흘렀을까.

식사 전에 물을 먼저 마시는 습관이 있던 오장환이다.

물을 마셨다면 금방 효과가 올 터.

아니나 다를까.

우르르!

긴급 호출을 받은 의사와 간호사가 오장환 병실로 허둥지둥 뛰어 들어갔다.

안이 어떻게 되었을지.

안 봐도 비디오였다.

오장환이 바닥을 데굴데굴 구르며 토하고 지리고 있는 상황일 것을.

"으윽!"

물론 석기에게도 고통이 찾아왔지만 오장환이 당하는 고통에 비하면 천국이었기에 웃으며 참을 수 있었다.

'블루, 이거 고통 줄이는 방법은 없을까.'

[아무리 마스터지만 패널티이니 어쩔 수 없답니다.]

꽃

회사로 돌아온 석기.

1시간 동안 고통을 겪느라 식은땀을 잔뜩 흘린 탓에 몰골이 초췌해지긴 했지만 5일짜리 성수로 금방 체력이 회복되긴 했다.

'무슨 병 주고 약 주는 것도 아니고.'

그래도 오장환을 골려 주어 속은 시원했다.

석기는 1시간만 참으면 되었지만 오장환은 며칠 동안 탈이 가라앉지 않을 것이니 말이다.

똑똑!

박창수가 대표실을 찾아왔다.

오늘 아침에 별다른 말도 없이 출근을 늦게 한 석기였기에 박창수가 궁금했던지 물었다.

"아침에 어디 다녀온 거야?"

"병원에 갔다 왔어."

"왜? 너 어디 아파?"

"그건 아니고. 그냥 볼일이 좀 있었어."

"무슨 볼일?"

석기를 수상하게 여기는 박창수의 눈빛이었지만, 병원에

서 채현우 아내를 위해 수액을 성수로 전환시킨 일과, 오장환을 혼내주고자 샘물을 독으로 전환한 일은 비밀이었기에 밝힐 수 없었다.

웅웅―!

마침 석기 핸드폰이 울어 댔다.

채현우 전화였다.

중환자실에서 석기가 사라진 것을 뒤늦게 알아채고 전화를 건 모양이었다.

―죄송합니다, 신 대표님! 제 아내가 깨어난 바람에 제가 정신이 없어서 신 대표님 가시는 것도 몰랐습니다.

"아닙니다. 아내분이 깨어나신 점 진심으로 축하드립니다. 저는 괜찮으니 아내분께 신경 쓰도록 하세요. 정말 너무 잘되었습니다."

―신 대표님이 문병을 와준 덕분에 행운이 함께 한 것이 아닐까 싶습니다. 여러모로 감사합니다, 신 대표님! 나중에 한번 찾아뵙겠습니다!

"그러세요."

채현우와 통화가 끝나자 박창수가 고갤 갸웃거리며 석기 얼굴을 쳐다봤다.

"너 병원 갔다는 것이 최 대표님 아내 문병 간 거였어?"

"그래, 아내가 깨어나서 정신이 없어 보이기에 그냥 왔더니 이렇게 연락했네."

"히야! 그거 정말 잘되었네. 채 대표님 아내 때문에 엄청 고생하신 모양이던데."

채현우는 오장환이 탈이 난 것에 대해선 모르는 눈치였다.

"근데 왜 그렇게 실실 쪼개? 병원에서 예쁜 여자라도 봤어?"

"예쁜 여자보다 더 재미난 거 봤지!"

"그게 뭔데?"

"알면 다친다!"

석기가 악동처럼 씩 웃었다.

❀

저녁 무렵.

채현우가 석기를 찾아왔다.

식물인간 상태였던 아내가 깨어난 때문인지 채현우의 표정은 아주 밝았다.

"병원에 고맙게 문병을 와 주셨는데 제가 정신이 없어서 신 대표님이 가신 것도 까맣게 몰랐습니다. 괜찮으시다면 함께 저녁 식사나 했으면 해서 이렇게 찾아뵙게 되었습니다."

"그럽시다. 우리 박 부장님도 함께 식사해도 괜찮겠죠?"

"하하! 물론입니다! 가시죠!"

안 그래도 채현우에게 할 말이 있던 참이었기에 석기는 흔쾌히 저녁 식사를 수락했다.

유토피아 근처에 김치찌개를 잘하는 식당이 있기에 그곳에서 셋이서 저녁 식사를 하게 되었다.

음식값도 저렴하지만 맛도 좋았기에 다들 만족한 식사를 할 수 있었다.

후식은 석기가 대접하기로 했다.

유토피아 건물 옥상.

셋은 그곳으로 향했다.

자판기 믹스 커피 맛은 기똥찼다.

중요한 대화를 나누기도 좋았다.

"실은 아까 식사 도중에 오장환 회장에 관해 말씀드릴 것이 있었는데, 괜히 입맛이 떨어질까 봐 억지로 참았습니다."

석기는 채현우가 무슨 말을 꺼내려는지 알고 있었지만, 시치미를 뚝 떼고는 물었다.

"무슨 얘기이기에 입맛까지 떨어질 정도죠?"

"신 대표님, 전에 오장환 회장을 아내가 입원 중인 병원에서 봤다고 말씀드린 거 기억하시죠?"

"네, 기억합니다. 오장환 회장에게 무슨 일이 생긴 건가요?"

석기의 질문에 채현우는 터져 나오려는 웃음을 참느라 입가가 격하게 씰룩거리고 있었다.

"흠흠, 실은 저도 아내 문제로 정신이 없어서 나중에 알게

되었는데요. 아침에 오장환 회장이 갑자기 토사곽란을 일으
킨 바람에 병원이 발칵 뒤집혔던 모양입니다."

"토사곽란이요?"

"오장환 회장이 아침 식사를 하다가 그랬나 보더라고요.
근데 음식은 입에 대지 않은 상태라서 조리사 책임은 아닌
것으로 밝혀졌고, 탈이 나기 직전에 오장환이 회장이 마신
생수가 문제였던 모양입니다."

"어떤 생수를 마셨기에 그러죠?"

"명성샘물이요."

"명성샘물이라면 명성기업에서 생산한 샘물 아닌가요?"

"맞습니다. 식사 전에 물을 마시는 습관이 있던 오장환 회
장이 오늘도 명성기업에서 생산한 명성샘물을 마시고 토사
곽란이 일어난 관계로, 오늘 명성샘물 공장장까지 병원에 불
려오고 아주 난리도 아니었습니다."

석기가 다시 시치미를 떼며 능청스럽게 연기에 들어갔다.

"흐음, 명성샘물에 뭔가 문제가 있었던 모양이군요."

"근데 경호원 중 하나가 확실한 검증을 하겠다고 오장환
회장이 마신 물을 마셔 본 모양인데 그 사람은 아무런 탈이
없었답니다. 그래서 의사들도 오장환 회장이 왜 갑자기 토사
곽란이 일어난 건지 전혀 감을 못 잡고 있나 봅니다. 그래서
일단 스트레스로 인한 현상으로 진단을 내렸다 하더군요."

채현우 말이 끝나자 박창수가 신나서 손뼉을 짝짝 쳤다.

"그거 아주 쌤통이네요! 재력을 이용하여 법망은 교묘히 피해갔을지 몰라도, 하늘이 오장환 회장에게 벌을 준 모양입니다! 토사곽란이라니! 된통 고생했으면 좋겠습니다! 하하하!"

석기도 맞장구를 쳤다.

"저도 동감입니다! 더구나 명성샘물 때문에 오장환 회장이 그렇게 되었다니 어디서 하소연도 하지 못하겠군요! 하하하!"

오장환이 토사곽란을 일으킨 것은 실은 석기가 꾸민 짓이었지만 그건 두 사람에게는 비밀이었다.

셋이서 한바탕 오장환을 씹어 대며 즐겁게 웃음을 쏟아 내고 나서, 석기는 분위기를 환기시키듯이 다시 대화를 이어 갔다.

"오장환 회장에 대한 얘기가 나와서 말인데, 실은 채 대표님께 드릴 말씀이 있었습니다."

"그래요? 어떤 얘기죠?"

"오장환 회장이 화장품사업을 정리하고 대신 미디어 사업으로 전향할 모양입니다."

"미디어 사업이라고요?"

"네, 그것도 통합으로 기획사, 제작사, 배급사까지 갖춘 대형 미디어 사업에 손을 댈 것이라고 하더군요. 그래서 문득 채 대표님 생각이 났습니다."

석기가 잠시 하던 말을 끊고 한숨을 내쉬었다.

"오장환 회장이 미디어 사업에 손을 대면 하늘엔터가 위험해질 겁니다. 명성 신제품 스킨 커버 광고를 찍으려다 계약 해지를 하고, 저희 유토피아 릴렉스 향수 광고를 찍은 민예리 배우에게 앙금을 갖고 있을 겁니다."

"하아! 그 인간 성격이면 그렇긴 하겠군요."

석기의 말에 그제야 채현우도 사태 파악이 된 눈치였다.

식물인간의 상태였던 아내가 깨어나서 세상에 더는 바랄 것이 없다고 생각했는데, 이젠 사업에 문제가 생기게 된 것이니 말이다.

"그래서 생각을 좀 해 봤습니다."

"어떤…… 생각을요?"

"채 대표님만 괜찮으시다면 하늘엔터를 유토피아에 넘기는 것은 어떨까 싶은데요."

"그, 그게 무슨 말이죠?"

채현우가 크게 당황한 기색으로 석기 얼굴을 쳐다봤다.

[신 대표가 우리 하늘엔터를 손에 넣어 봤자 득보단 실이 많을 텐데, 왜……? 설마 처제 예리를 노리고? 아냐, 신 대표는 오장환 같은 인간은 절대 아니야.]

채현우 속마음이 들렸다.

그로선 이해가 되지 않을 터.

엔터 사업에 뛰어들고 싶다면 차라리 신생 기획사를 설립하는 편이 훨씬 유리할 수도 있었다.

물론 하늘엔터에는 톱스타 민예리가 있긴 했다.

하지만 그녀를 제외하고 나머지 소속 연예인들은 별반 재정에 도움이 되지 않고 있는 상태였다.

"당황하신 모양이군요. 하긴 갑자기 하던 사업을 내놓으라니 당황이 되지 않는다면 이상한 일이긴 하죠."

그때 박창수가 끼어들었다.

"미디어 사업에 손을 대려고?"

"아직은 아니지만 염두에 두고 있긴 해."

"석기야. 그렇다면 이 문제는 좀 더 시간을 두고 생각해 보는 것이 좋지 않을까? 현재 유토피아에서 하고 있는 화장품 사업만 해도 할 일이 많은데. 거기에 조만간 샘물 사업까지 할 거잖아."

박창수 생각도 충분히 이해는 되었다.

박창수는 괜히 오장환의 희생타가 될지도 모르는 하늘엔터를 동정한답시고 그곳을 인수하여 빨대를 꽂힐 필요가 없다고 여기고 있을 터.

하지만 석기도 채현우에게 이런 말을 꺼낸 저의에는 나름대로 하늘엔터에 대한 여러 가지 생각을 해 보고 내린 결론이었다.

일단 가장 중요한 것.

그건 오장환에 대한 복수였다.

회귀 전에 오장환과 오세라에 의해서 야산에 파묻혀 죽음을 맞이했던 그였다.

　그랬기에 오장환이 노리고 있는 하늘엔터를 순순히 도산하게 만들고 싶지 않다는 오기가 일었다.

　보란 듯이 하늘엔터를 대한민국에서 잘나가는 연예기획사로 만들어 보고 싶다는 승부욕이 생겼다.

　'성수만 있다면 못할 것이 없다!'

　엔터계에서 스타가 되기 위해선 외모, 재능, 운빨, 이렇게 세 가지가 중요했다.

　그중에서 외모가 뛰어나다면 스타가 될 수 있는 확률이 높아진다.

　그런 점에서 하늘엔터에 속한 연예인들에게 성수를 이용한 특별 비누로 소속 연예인을 관리해 준다는 것이 소문난다면 재능이 뛰어난 연예인을 끌어들일 수 있을 터였다.

　현재 하늘엔터의 문제점 중에서 가장 큰 문제가 열악한 재정상태다.

　그리고 쓸 만한 연예인이 민예리를 제외하고는 없다는 것이다. 그럼에도 채현우가 소속 연예인들을 버리지 못하고 끌고 가는 것은 인정 때문이었다.

　과감하게 자를 사람은 자르고 끌어 줄 사람은 투자를 해 줘야 하는데 하늘엔터는 이도 저도 아닌 상황이었다.

　그러다 보니 재능이 뛰어난 민예리 조차 제 역량을 마음껏

발휘하지 못하고 기획사를 위해 돈 버는 기계처럼 굴고 있는 것이다.

"하늘엔터를 제게 넘긴다면 부채는 제가 책임지고 처리하도록 하겠습니다. 그리고 지금처럼 기획사 대표 자리는 계속 채 대표님께서 맡아 주시면 됩니다. 대신 기획사 상호는 '유토피아'로 변경될 겁니다. 참고로 채 대표님의 수익은 기획사 지분 5%와 퇴직 전까지는 매달 아내분과 사시는데 지장이 없을 정도의 월급을 꼬박꼬박 받으실 수 있을 겁니다. 물론 아내분의 치료비도 계약한 시점부터 유토피아에서 전부 처리할 것이고요. 지금 당장 이 자리에서 결정하셔도 좋지만 채 대표님도 생각을 해 보셔야 할 테니 사흘 말미를 드리겠습니다. 그때까지 아무런 말씀이 없으시다면 지금 제가 했던 제안은 무효가 될 겁니다."

석기의 말이 끝나자 채현우가 살짝 시니컬한 표정으로 말했다.

"그러니까 나보고 기획사 바지사장 노릇을 하라는 거로군요."

"돌려 말하지 않겠습니다. 채 대표님은 오장환 회장을 상대할 여력이 되지 못합니다. 오기로 하늘엔터를 포기하지 못하겠다고 고집을 부린다면 제 예상으론 이번 연말을 넘기지 못하고 하늘엔터는 도산하고 말 것이라 봅니다."

"도산이라고요?"

"오장환 회장이 미디어 사업에 손을 대기 시작하면 제일 먼저 1순위로 하늘엔터를 보란 듯이 공격할 것이 뻔합니다. 민예리 배우님이 아무리 톱스타라고 할지라도 배역을 맡지 못하게 된다면 연기자의 삶을 접어야 할지도 모릅니다. 하늘 엔터에서 유일하게 기획사 재정에 도움이 되고 있는 민예리 배우님에게 문제가 된다면 채 대표님께서도 마음이 많이 아프실 것은 당연하지만, 더욱 큰 문제는 기획사 운영을 접어야 한다는 점입니다."

"하아!"

석기의 말을 십분 공감하고 있다 보니 채현우가 마른세수를 하면서 길게 한숨을 내쉬었다.

그러다 그가 다시 석기 얼굴을 주시했다.

"그럼 신 대표님께 하늘엔터를 넘긴다면 오장환 회장의 수작에도 도산하지 않고 살아남을 수 있다는 건가요?"

채현우의 질문에 석기의 동공에서 강렬한 불꽃이 피어올랐다. 석기가 하늘엔터를 넘겨받으려는 이유는 사실 돈벌이보다는 오장환의 자존심을 뭉개주려는 의도가 컸다.

오장환의 뒤통수로 죽음까지 맛보았던 석기로선 갤로리아에서 명성화장품을 퇴출당하게 만든 것만으로는 결코 성이 차지 않았다. 오장환이 지닌 모든 것을 탈탈 털어 버려 더는 항거할 수 없는 상태로 만들어서 석기 앞에 무릎 꿇고 제발 살려 달라고 비는 꼴을 보고 싶었다. 그래야만 회귀를 한 것에 대한 보람이 있을 것이라 생각했다.

그리고 석기는 자신이 천운그룹의 혈육이란 점도 결코 잊지 않았다.

그의 부모가 어떤 식으로 세상을 뜨게 되었는지 잘 알고 있었다.

그랬기에 과거에 천운그룹을 박살내고자 앞장섰던 명성금융에 대해서도 응징을 가할 작정이었다.

그런 의미에서 오장환은 어찌 보면 명성금융을 상대하기 위해 거치는 하나의 관문에 가까웠다.

오장환의 뒤에는 명성금융이 버티고 있다는 것.

비록 오장환이 현재 아내와 별거의 상태이나 명성금융 총수 주현문은 딸을 이혼녀로 만들기는 싫을 테니 오장환을 쉽게 내치지는 못할 것이다.

"좋습니다! 하루 정도 시간을 주십시오. 저도 최대한 심사숙고하여 신 대표님이 주신 제안에 대한 답을 드리도록 하겠습니다!"

"설령 제가 드린 제안을 받아들이지 않는다 해도 저는 채 대표님과의 인간관계까지 포기할 생각은 없으니 안심하셔도 됩니다."

"그렇게 말해 주셔서 감사합니다. 그럼 이만 돌아가 보겠습니다."

채현우가 먼저 옥상에서 떠났다.

지금까지 잠자코 석기가 채현우에게 하는 말을 들었던 박창수는 생각이 많은 표정이었다.

석기가 오장환에게 집착하는 것.

어쩌면 박창수가 생각하는 이상으로 오장환에 대한 깊은 원한을 갖고 있는 것처럼 여겨졌다.

하지만 박창수는 석기가 속내를 스스로 털어놓지 않는 한은 절대 묻지 않기로 했다.

친구였다.

인생 끝까지 함께할 친구.

그랬기에 석기를 믿고 끝까지 따라갈 생각이었다.

과거에 비오는 길거리에서 쓰러졌던 박창수의 할머니를 구해 준 사람이 바로 석기였다.

용돈벌이를 한답시고 폐휴지를 줍던 할머니의 초라한 몰골에 행인들은 쓰러진 할머니를 외면하고 지나갔지만, 석기는 그러지 않았다. 흙탕물에 젖어 지저분해진 할머니를 업고 병원까지 달려간 석기였다.

세상에 단 하나뿐인 가족인 할머니를 구해 준 석기에게 박창수는 언젠가 반드시 은혜를 갚겠다고 다짐했다.

그래서 전에 명성기업을 그만두라는 석기의 말에 그는 고민 없이 그곳을 나올 수 있었다.

"석기야. 난 언제나 네 편이다! 그것만 알아줘!"

다음 날 오후.

채현우가 다시 석기를 찾아왔다.

그는 하늘엔터를 석기에게 넘기기로 결심했지만, 대신 두 가지 조건을 내걸었다.

"첫 번째 조건은 저희 하늘엔터의 간판이나 마찬가지인 민예리 배우님에 관한 내용입니다."

"네! 말씀하세요!"

"민예리 배우님이 출연할 영화나 드라마는 민예리 배우님이 직접 결정할 수 있도록 해 주십시오."

민예리는 외모도 아름답지만 작품에 대한 안목이 뛰어나기로 유명한 배우였다.

그걸 알고 있기에 석기는 채현우가 원하는 첫 번째 조건은 흔쾌히 수용했다.

"그러죠. 민예리 배우님이 원치 않는 작품에 강제로 출연시키는 일은 절대 없을 겁니다. 만일 그런 일이 벌어질 경우 민예리 배우님이 소속사와의 계약 해지를 원한다면 아무런 조건 없이 깔끔하게 처리토록 해 드리겠습니다."

석기의 말에 채현우가 안도의 한숨을 내쉬었다.

사실 하늘엔터를 석기에게 넘기는 것 중에서 가장 고민이 많았던 부분이 바로 민예리의 자유로운 작품 활동이었다.

"신 대표님! 저희 하늘엔터에 대한 사정을 어느 정도 알고 계시겠지만 그래도 속사정을 죄다 까발리는 것이 좋겠다고 생각해서 드리는 말입니다. 하늘엔터 소속 연예인 숫자는 모두 10명입니다. 그중에서 기획사 재정에 도움이 되는 연예인은 민예리 배우가 전부라고 보면 될 겁니다. 만일 하늘엔터를 신 대표님께서 인수하게 된다면 필요 없는 소속 연예인들을 정리할 것으로 압니다. 하지만 다른 사람은 몰라도 정나우는 부디 내치지 말아 달라는 것이 제가 원하는 두 번째 조건입니다."

채현우가 원한 두 번째 조건.

첫 번째 조건인 민예리에 대한 것은 석기도 충분히 납득이 되는 조건이었지만, 정나우에 대한 것은 전혀 예상치 못한 얘기였다.

채현우가 받을 연봉 협상을 할 것이라 여겼는데, 의외로 신인 연예인을 언급하다니 말이다.

정나우.

석기가 모를 정도면 대중에 전혀 알려지지 않은 생 초짜인 셈이었다.

"정나우는 어떤 사람이죠?"

"성별은 여자. 나이는 올해 스물한 살이고 보육원 출신입니다. 나우는 어릴 때부터 꿈이 가수였다고 합니다. 작년에 길거리에서 노래를 부르고 있던 나우의 음색에 반해서 제가 하늘엔터로 데려왔습니다. 하지만 열악한 재정 상태로 나우를 제대로 밀어주지 못했습니다. 나우는 하늘엔터에서 가장 성실한 아이라고 자부할 수 있습니다. 제가 조금만 능력이 되었다면 지금쯤 싱글 가수로 크게 성공했을 겁니다."

정나우에 대한 채현우의 애정이 진하게 느껴졌다. 그리고 열악한 하늘엔터 사정상 정나우를 위해 푸시를 제대로 해 주지 못한 것에 대해서 기획사 대표로서 책임을 다하지 못했다는 자책감도 갖고 있는 듯이 여겨졌다.

"정나우를 아끼시는 모양이군요."

"하늘엔터 소속 연예인 중에서 민예리 배우님 다음으로 제가 신경을 쓰고 있는 아이입니다. 어려운 환경 속에서도 굴하지 않고 항상 웃는 얼굴로 자신의 꿈을 향해 노력하는 점이 비록 제가 어른이지만 배울 점이 많은 아이이기도 하죠."

"알겠습니다. 두 번째 조건도 받아들이겠습니다."

석기가 두 가지 조건을 모두 수용하겠다는 태도를 보여서인지, 채현우는 나머지 소속 연예인들에 대한 정리 문제는 쿨하게 나왔다.

"나머지 소속 연예인들에 대한 정리는 제가 책임지고 내일까지 처리하도록 하겠습니다."

"그러세요. 혹시 계약 기간이 끝나지 않은 사람들이 있다면 위약금을 주더라도 잡음이 없도록 깨끗하게 정리했으면 합니다."

석기는 새 술은 새 부대에 담는다는 말이 있듯이, 하늘엔
터가 유토피아엔터로 전향하게 되면 기획사를 위해서도 필
요 없는 이들은 위약금을 물어주더라도 정리하는 것이 답이
라고 생각했다.

하지만 채현우에게서 뜻밖의 말이 흘러나왔다.

"나머지 8명의 소속 연예인들은 계약 기간이 남아도 위약
금을 주지 않고 계약 해지가 가능합니다."

"그게 무슨 소리죠?"

"하늘엔터에선 소속 연예인들이 계약 기간 도중에 다른 곳
으로 이적을 하고 싶다면 자유롭게 풀어 주겠다고 약조했습
니다. 그 대신 기획사의 피치 못할 사정으로 다른 곳에서 인
수하게 된다면, 소속 연예인들과 강제로 계약 해지가 가능하
며, 심지어 위약금을 일절 물지 않고 계약 해지를 할 수 있답
니다."

"위약금을 물지 않아도 된다니 저로선 좋은 일이네요. 그
럼 변호사님이 오시면 곧바로 계약서를 작성하도록 하죠."

석기가 하늘엔터를 인수하는 문제는 일사천리로 진행되었
다.

여전히 그곳의 대표 자리는 채현우의 이름으로 가긴 했지
만 진정한 오너는 바로 석기라는 점이었다.

하늘엔터를 인수했다.

석기는 채현우와 계약이 끝나자 제일 먼저 하늘엔터의 부채 문제부터 깔끔하게 정리했다.

돈이 들기는 했지만 민예리 같은 톱스타가 있으니 꼭 손해 보는 장사는 아니긴 했다.

다음으로 상호를 변경했다.

하늘엔터테인먼트에서 유토피아엔터테인먼트로.

회귀 전에 명성의 본부장으로 지냈던 석기가 운영했던 곳이 바로 화장품, 샘물, 엔터 사업이었다.

드디어 세 곳의 사업을 차지했다.

시기상으로 이른 감도 없잖아 있긴 했지만, 어차피 엔터 사업도 석기의 구상 중에 포함되어 있었기에 하늘엔터를 인수하는 문제를 고민 없이 진행할 수 있었다.

지금이 기회였다.

오장환이 통합 미디어 사업으로 활개를 치려는 지금을 놓치면 오장환을 때려잡지 못할 테니 말이다.

난데없이 엔터 사업에 손을 댄 석기의 결심과 추진력에 측근 박창수와 구민재는 묵묵히 따랐다.

상호 변경이 끝나자 톱스타 민예리를 제외한, 나머지 소속 연예인들의 면담을 시작했다.

사람들의 속마음을 들을 수 있는 석기였기에 번거롭게 굴 필요가 없이 일대일 면담으로 진행했다.

　"저는 당신과 계약 해지를 할 생각입니다! 계약 해지를 해서는 안 되는 이유를 세 가지를 말해 보세요. 듣고 합당하다고 생각한다면 제가 생각을 바꾸도록 하죠."

　"그, 그게……."

　역시 재능과 외모가 되지 않는다면 노력이라도 해야 할 텐데, 그것이 보이지 않는 이들이었다.

　게다가 열정 또한 없었다.

　8명 중에 누구도 계약 해지를 해서는 안 되는 이유를 제대로 대답하지 못했다.

　과감하게 8명을 정리했다.

　채현우가 얘기했던 대로 강제로 계약 해지를 했지만 위약금을 물지 않고 정리할 수 있었다.

　마지막 정나우 면담이 남았다.

　"정나우입니다!"

　씩씩하게 인사를 하는 정나우.

　언발란스를 연상케 하는 인물.

　귀여운 인상에 비해 음색은 허스키에 가까웠다.

　정나우는 채현우가 하늘엔터를 석기에게 넘기기 전에 내건 두 가지 조건 중에 정나우를 받아 주는 것이 포함된 상황이나 그걸 정나우는 전혀 모르고 있을 것이다.

그랬기에 정나우도 앞서 면담했던 8명처럼 계약 해지가
될 것으로 알고 있을 터.

그럼에도 전혀 위축되지 않은 정나우의 태도가 석기로선
인상적으로 다가왔다.

석기는 정나우의 노래실력이 어느 정도일지 궁금했다.

"정나우 씨! 하늘엔터는 유토피아엔터로 상호가 바뀐 상황
입니다. 저는 우리 유토피아엔터를 대한민국에서 가장 잘나
가는 연예기획사로 만들 생각입니다. 그런 의미에서 저는 가
능성이 있는 존재라면 최선을 다해 투자해 줄 것이나 그렇지
않은 사람에겐 1원 한 푼도 쓸 생각이 없습니다."

석기를 향한 정나우의 눈빛이 매우 강렬하게 반짝거렸다.

유토피아엔터를 대한민국에서 가장 잘나가는 연예기획사
로 만들고 싶다는 석기의 말이 그냥 해 보는 소리가 아님을
눈치챈 탓이다.

"정나우 씨의 장점은 뭐가 있죠?"

"사람들과의 친화력이 좋다는 것과 노래를 잘 부른다는 것
입니다!"

"그렇다면 지금 이 자리에서 노래를 불러볼 수 있겠어요?"

"물론입니다!"

즉석에서 부르는 노래라 오디오가 준비되지 않은 상태라
생음으로 노래를 불러야만 했다. 그럼에도 정나우는 자신감
있게 나왔다.

"이번에 제가 만든 노래가 있는데 그걸 불러 보겠어요. 마음에 드셨으면 좋겠습니다."

정나우는 며칠 전에 만든 곡을 석기 앞에서 불러 볼 생각이었다. 하늘엔터가 유토피아엔터로 상호로 바뀌면서 8명은 계약 해지가 되었다. 정나우라고 다르지 않을 터. 하지만 위기는 곧 기회라고 했다.

정나우는 자신이 만든 노래로 석기에게 꼭 인정받고 싶었다.

하늘엔터 대표였던 채현우와 언니처럼 따르던 민예리에게도 들려주지 않던 노래를 처음으로 석기 앞에서 부르게 되었다.

실내에 정나우가 부르는 노랫소리가 울려 퍼지기 시작했다.

♬♪-!

기본에 충실한 단조로운 멜로디였지만, 환상적인 허스키한 음색과 묘하게 잘 어울렸다.

노래를 부르는 정나우가 스물한 살의 나이라는 것을 잠깐 잊을 정도로 깊이가 느껴지는 노래였다.

작사도 직접 한 것일까.

가사가 치기 어린 구석은 있었지만 그것이 오히려 반전처럼 허스키한 음색을 더욱 도발적으로 느끼게 해 주었다.

'좋네.'

채현우가 정나우를 고집한 이유.

알 것도 같았다.

환상적인 허스키 음색.

특별한 음색임은 분명했다.

하지만 그럼에도 정나우가 아직 대중에 알려지지 않은 것은 투자를 제대로 해 주지 않았다는 것도 있겠지만, 그녀의 외모가 문제였다.

스타가 되기 위한 첫 번째 조건.

그건 외모라고 볼 수 있었다.

그런 점에서 정나우는 귀염성은 느껴지지만 살집이 통통한 편이고, 무엇보다 얼굴 피부가 좋지 못했다.

볼에 잔뜩 올라온 뾰루지로 인해 심술궂은 악동을 연상케 했다.

허스키한 음색과는 어울리지 않는 외모 때문에, 노래의 매력이 반감되는 느낌이었다.

하지만 석기에겐 성수가 있었다.

정나우를 성수로 케어 해 준다면 누구보다 매끈한 피부를 갖도록 해 줄 수 있었다.

그리고 성수가 들어간 생수를 보름 정도만 마시게 한다면 통통했던 몸이 늘씬해질 수도 있을 터.

'민예리와 정나우.'

비록 두 명에 불과하지만 이들만으로도 얼마든지 유토피

아엔터를 엔터계에서 크게 부각시킬 수 있을 것이라 생각했다.

❊

오성병원.

VIP병실에 입원 중인 오장환.

일주일 동안 원인 모를 토사곽란에 시달렸던 오장환 회장의 몰골은 매우 초췌해 보였다.

겨우 죽을 먹을 수 있는 상황이 되자 오장환은 억지로 죽을 입에 쑤셔 넣었다.

"하늘엔터를 유토피아에서 인수했단 말이지?"

"그렇습니다. 회장님께서 통합 미디어 사업을 한다는 소문이 돌자 신 대표가 화장품 사업에서 크게 재미를 본 것에 이번엔 하늘엔터를 인수하여 회장님을 노하게 하려는 것이 아닐까 싶습니다."

"건방진 놈!"

오장환이 이를 빠득 갈아 댔다.

통합 미디어 사업을 추진 중인 오장환은 예전에 도산했던 명성엔터를 부활시켜 대한민국 엔터계를 주름잡을 작정이었다.

그리고 무엇보다 명성의 신제품 스킨 커버 광고 모델로 콘텍스트되었다가 계약 해지를 하고, 유토피아 릴렉스 향수를 보란 듯이 찍은 민예리 배우에게 보복을 가할 목적으로 하늘엔터를 1순위 공격 대상으로 정한 상태였다.

그런데 오장환 속내를 훤히 꿰뚫어 보기라도 한 듯이 유토피아에서 하늘엔터를 인수해 버린 것이다.

표면적으로 대표 직함은 여전히 채현우가 차지하고 있지만, 유토피아로 상호를 변경했다는 것은 석기가 그곳의 진정한 오너라는 셈이었다.

"차라리 잘되었군! 화장품 사업은 분하게도 유토피아를 누르지 못했지만, 미디어 사업만큼은 우리 명성이 우세일 것이다! 고작 삼류 하늘엔터를 인수한 걸로는 통합 미디어 사업을 하려는 나의 상대가 되지 못할 터!"

"맞습니다! 유토피아가 엔터 사업에 손댄 것에 대해 따끔하게 혼쭐내 버리십시오!"

남 실장의 말에 오장환의 눈빛이 사악하게 번들거렸다.

"그곳의 연예인이 얼마나 되지?"

"민예리 배우랑 가수 지망생 하나가 전부라고 합니다. 나머지 소속 연예인들은 죄다 계약 해지를 했다는 소문입니다."

"고작 둘이라? 그렇다면 민예리 배우만 끌어내리면 게임 끝이겠군."

오장환은 석기가 주제도 모르고 엔터 사업에 손을 대었다고 생각했기에 뜨거운 맛을 보여 줄 작정이었다.

화장품은 운이 없어서 접게 되었지만, 미디어 사업만큼은 승산이 있다고 생각했다.

"명성미디어 사업의 첫 목표를 민예리를 잡는 것으로 시작하지!"

✢

밤이 깊어 갔다.

오피스텔 창가에 선 석기.

유리창 너머 도심의 야경을 바라보는 석기의 눈빛이 어딘지 생각이 많아 보였지만, 이내 무언가를 결심한 듯이 강렬한 빛을 뿜어냈다.

그러던 찰나.

똑똑!

현관 쪽에서 노크 소리가 들렸다.

석기가 현관으로 다가가 문을 열어 주었다.

안으로 들어온 박창수가 석기를 향해 웃으며 말했다.

"갑자기 자려는 사람은 왜 부른 거야?"

"잠잘 눈빛은 아닌 듯싶은데?"

"흐흐! 치맥 당겨서 부른 거면 나야 땡큐고."

"치맥은 나중에 먹고, 할 말이 있으니 좀 앉아 봐."

석기는 박창수와 함께 소파에 자리했다.

박창수가 맞은편에 앉은 석기의 얼굴을 살피듯 바라보며 궁금한 듯 물었다.

"무슨 일인데 표정이 그리 심각해? 하늘엔터 인수한 거. 이제야 현타가 막 오는 모양이지?"

"그건 아니니 걱정 마."

"그럼 뭔데? 너 그렇게 심각한 표정을 짓는 거 보면 분명 나 모르게 뭔가 음모를 꾸미고 있다는 의미인데. 그러지 말고 이 형님에게 모두 이실직고를 하고 우리 치맥이나 시원하게 시켜 먹자!"

석기가 피식 웃었다.

유토피아를 설립한 후로 지금까지 석기의 오른팔 노릇을 해 오고 있는 박창수였다.

어찌 보면 석기가 회사에서 가장 믿고 의지할 수 있는 존재이기도 했다.

"창수야."

"대체 왜 그래? 너 지금 꼭 무슨 일 저지르려는 사람처럼 보이는 거 알아?"

"맞아. 제대로 보긴 했네."

"뭐, 뭐라고?"

석기가 다시금 피식거렸다.

잠들 시간에 박창수를 자신의 오피스텔로 불러낸 이유.

오장환에게 복수를 꿈꾸고 있는 석기였다.

하지만 지금 석기의 처지로는 오장환을 상대하기에 부족한 점이 너무 많았다.

명성금융을 등에 업고 거액의 돈이 들어갈 통합 미디어 사업에 화려하게 뛰어들게 된 오장환에 비해 석기는 이제 겨우 하늘엔터를 인수했을 뿐이었다.

연예인 숫자는 두 명.

기획사 건물은 임대.

표면적으로 너무 비교되었다.

거기에 화장품은 이제 막 시작 단계에 불과했고 샘물 사업은 내년이나 넘어가야 진행될 터였다.

솔직히 사업을 하려면 겉으로 보여 주는 이미지도 매우 중요했기에 이제는 어느 정도 구색을 갖추고 사업해도 되지 않나 싶었다.

적어도 고층 빌딩까지는 아니더라도 임대가 아닌 석기 명의로 된 건물에서 당당히 오장환을 상대하고 싶었다.

"건물을 매입할 생각이야."

"어떤 건물을?"

"유토피아가 현재 임대 중인 건물."

"엑? 10층짜리 건물을 사겠다고?"

"그래."

"돈은 있고?"

돈은 있었다.

명성에서 빼돌린 비자금 100억을 코인에 몰빵하여 1,500억까지 불어난 상태였다.

사업 자금으로 일부를 사용하고도 아직도 거금이 남아 있었다.

그랬기에 건물을 구입하는 것에 무리는 없었다. 석기도 누울 자리를 보고 발을 뻗으려는 것이니 말이다.

"돈 걱정은 하지 않아도 돼."

"앞으로 사업자금이 펑펑 들어갈 텐데 괜찮겠어?"

"그래도 건물 매입은 필요해."

"하나만 묻자. 사실 나는 사업이 확실하게 자리를 잡을 때까지는 지금처럼 임대 건물도 나쁘지 않다고 보거든. 굳이 건물을 매입하려는 이유가 뭔데?"

박창수의 질문에 석기가 빙그레 웃으며 답했다.

"좀 더 거만해지려고."

"뭐, 뭐라고? 거만?"

박창수가 황당하다는 기색으로 석기의 얼굴을 쳐다봤다.

"그런 이유로 건물을 매입한다면 나는 절대 반대야! 물론 내가 아무리 반대한다 해도 석기 너는 하고 싶은 것은 반드시 할 테지만."

박창수 말에 석기가 웃으며 고개를 끄덕여 주었다.

"맞아. 예전 같았으면 하고 싶은 것을 꾹 참으며 죽은 듯이 남의 눈치나 보면서 지냈겠지만 이제는 그렇게 살지 않으려고."

"로또도 당첨되었고, 거기에 코인까지 대박을 쳤다 이거지?"

"그래, 돈이 없다면 모를까, 있는데 굳이 억제된 삶을 살 필요가 있을까?"

석기의 나이 아직은 창창하지만, 그래도 죽음까지 경험한 인생을 살다 보니 한 가지 깨달은 것은 있었다.

인생에 정답은 없다는 사실.

어떤 일을 하든지 항상 선택에 대한 책임은 본인의 몫이란 것과, 무엇을 하든지 후회가 따른다는 점이었다.

법에 저촉되는 일이 아닌 한해서는 저지르고 후회를 하는 편이 낫지 않겠는가 싶기도 했다.

그리고 건물 매입은 사업을 하려는 석기에게 꼭 필요한 일이기도 했다.

하늘엔터를 인수했다.

석기의 욕심일지 몰라도 화장품, 샘물, 엔터 사업을 한 건물에서 하고 싶었다.

더욱 욕심을 부리자면 홀리광고제작사도 손에 넣고 싶었다.

물론 홀리광고제작사를 인수하는 문제는 아직 석기만의 비밀이었지만.

아무튼 중요한 것은 10층짜리 건물이 시세에 비해 저렴하게 나왔다는 것이다.

지금은 두 층을 임대로 사용해도 상관없지만, 앞으로 몸집이 점점 불어나게 될 유토피아였기에 건물 매입은 필수였다.

"실은 아까 퇴근 직전에 건물주와 통화를 나눴어. 건물주에게 피치 못할 사정이 생기는 바람에 건물을 시세보다 저렴하게 급히 매각하고 싶다는 정보를 입수했거든. 게다가 7층 아래로는 임대 계약 기간이 끝나가는 상황이라, 홀리광고제작사만 빼놓고 나머지 층들은 입맛대로 사용할 수 있거든. 그래서 나는 이것이 하늘이 우리에게 준 기회라고 생각해."

박창수 생각이 들렸다.

[뭐야? 그사이에 언제 그런 것을 알아본 거야? 7층 아래로는 임대 계약 기간이 끝난다면 그곳을 연예기획사로 활용하면 괜찮긴 하겠군. 혹시 석기 이 녀석 이러다가 나중에 홀리광고도 인수하려는 것은 아니겠지? 그곳까지 인수한다면 완전 대박이긴 하지만……. 하여간 확실히 운이 좋은 녀석이긴 해.]

박창수 속마음을 들은 석기의 입꼬리가 슬쩍 올라갔다.

"솔직히 너도 설레지?"

"그야……."

"쯧! 사람이 좀 솔직해 보라고. 물론 창수 네가 반대를 한다 해도 이미 결심이 선 이상 건물을 매입할 생각이긴 하지만."

석기의 말에 박창수 표정이 살짝 굳었다.

"그런 생각이라면 나를 불러서 얘기를 꺼낼 것이 아니라 건물을 매입한 후에 밝혀도 되잖아."

"그래도 되긴 하지만 나는 창수 네게 가장 먼저 내 생각을 밝히고 싶었어. 우린 친구이기도 하지만 사업적 파트너이니까."

"친구라는 것은 맞는 말이나 사업적 파트너는 좀 애매하지? 실질적으로 유토피아를 설립하는 데에 내가 보탠 건 전혀 없으니까. 모두 석기 네 돈으로 시작한 사업이잖아. 성수를 이용한 사업 아이템도 마찬가지고."

박창수가 의기소침한 표정으로 석기를 쳐다봤다.

명성기업에 다닐 때까지만 해도 평사원이라는 비슷한 처지였는데 어느 순간 석기는 저만큼 앞서가는 인물이 되어 버렸다.

"창수 네가 명성을 그만두고 나온 것은 나를 믿고 있었기에 그렇게 행동했을 거야. 그것으로 우린 이미 사업적 파트너인 셈이고. 그래서 나는 그것에 대한 보답으로 유토피아 지분 5%를 네 몫으로 넘겨줄 생각이야. 내일 변호사를 통해 정식으로 서류를 작성할 거야."

"미, 미쳤어! 내가 한 것이 뭐가 있다고 회사 지분을 5%씩이나 준다는 거야?"

유토피아 지분을 준다는 말에 오히려 펄펄 뛰는 박창수였다. 석기는 그런 박창수 태도에 기분이 상당히 좋았다.

[이 녀석이 코인으로 번 돈이라고 너무 막 쓰는 거 아냐? 지분이 한두 푼도 아닐 텐데 왜 나를 줘. 회사를 위해서도 대표가 지분을 꽉 쥐고 있어야 안전하지.]

박창수 속마음에 석기가 빙그레 웃으며 다시 대화를 이어 나갔다.

"대신 평생 내 곁에서 오른팔 노릇을 해야 할 거야."

"겨우 5% 지분으로 나를 평생 노예처럼 부려 먹겠다고?"

"그래, 정 받기 싫음 말고."

"정말 지분을 나한테 떼어 줘도 후회하지 않겠어?"

"후회할 일을 만들지 않으려고 그런 거야. 네가 주주가 되면 우리 유토피아를 위해 책임감을 갖고 더 열심히 일할 거 아냐? 안 그래?"

"하! 거참, 사람 할 말 없게 하네. 이러다 지분을 받지 않겠다면 책임감 없는 사람으로 몰아가려는 분위기다 너?"

박창수의 멋쩍어하는 기색에 석기가 흐뭇하게 웃었다.

명성을 나오라는 석기 말에 군말 없이 사직서를 제출했고, 심지어 유토피아 사업을 시작할 때 적금까지 깨서 석기를 도와줄 마음을 먹었던 친구였다.

"맞아. 그러니 잔말 말고 주는 대로 받아. 그리고 이왕 말이 나온 김에 유토피아의 지분 구조에 대해서도 이제 창수

야산에
돈혀버렸더니

너도 알고 있는 것이 좋겠어."

"유토피아 지분 구조?"

"유토피아 창립식에 참석했던 분들 기억하지?"

석기의 시선에 박창수가 슬며시 고개를 끄덕여 보였다.

"창수 네게는 말하지 않았지만 그때 구용우 어르신과 함께 참석했던 지인들이 모두 유토피아에 투자를 하시게 되었어. 땅 부자 나용한 어르신, 명동 사채업자 정길한 어르신, 그리고 갤로리아 최대 주주이신 서연정 이사님까지. 거기에 구민재 씨를 내 사업에 끌어들이는 대가로 5%의 지분을 주게 되었고. 그리고 이제 마지막으로 창수 너까지 포함하면 모두 6명이 되겠지만."

"그럼 6명이 창립 멤버인 셈인가?"

"그렇게 봐도 무방하겠지."

"그럼 남은 지분은 얼마나 되는 거지?"

"70%나 되는 지분이 내 몫이니 걱정 마. 너도 알다시피 회사에 문제가 생겨도 70%면 방어력을 갖추기엔 아무런 문제가 없지. 그리고 이건 여담이지만 우리 유토피아의 사업이 번창할수록 주가가 더욱 엄청난 액수로 늘어나게 될 거야. 나는 우리 유토피아가 꼭 성공할 것이라고 확신하는 사람이고. 그래서 이제는 우리 사업을 할 건물이 필요하다고 했던 거야."

"그래서 건물이……."

창수의 수긍하는 눈빛에 석기가 친구의 이름을 불렀다.

"창수야."

"왜."

"언젠가 말한 적이 있을 거야. 세계적인 찐 부자가 되는 것이 내 꿈이라고. 아무도 함부로 무시하지 못하게 만드는 그런 대단한 사람이 되고 싶다고 말했었지. 말뿐이 아니라 정말 그렇게 될 거야. 그리고 내가 가는 그 길을 창수 너와 함께 가고 싶어. 그렇게 해 줄 수 있겠지?"

"……!"

석기의 말에 크게 감동을 먹은 박창수의 눈빛이 파르르 흔들렸다.

한편으론 같은 나이였지만 석기의 그릇은 박창수가 감당할 수 있는 그릇이 아님을 깨닫는 순간이기도 했다.

처억!

석기가 박창수를 향해 웃으며 손을 내밀었다.

"축하해! 너도 이제 나와 같은 유토피아 주주야!"

"유토피아 주주……."

"그래, 이젠 확실하게 한배를 탄 셈이지. 자! 사업적 파트너! 앞으로 잘 부탁해!"

"나도 잘 부탁한다!"

박창수가 떨리는 손으로 석기가 내민 손을 힘주어 잡았다.

10층짜리 건물을 매입했다.

건물주가 바뀐 것에 홀리광고제작사에서 축하 인사를 하고자 유승열 과장이 석기의 대표실을 방문했다.

"하하! 건물주님! 축하드립니다!"

"감사합니다!"

"근데 아래층 건물이 죄다 비워지면 그곳은 뭐가 들어오는 겁니까?"

"1층은 카페로 활용할 생각입니다. 대한민국에서 가장 맛있는 커피를 팔 생각입니다."

"오오! 그거 반가운 소식인데요? 그럼 나머지 층들은요?"

"2층, 3층, 4층까지는 연예기획사 건물로 사용하게 될 것이고, 5층은 전체를 행사 홀로, 6층은 피부와 헬스케어를 위한 공간으로 활용할 겁니다. 6층을 이용할 고객은 일반인은 받지 않고 회원제로 운영할 생각이고요."

"호오! 신 대표님이 사업적 감각이 뛰어나신 분이라는 것은 진즉에 눈치챘지만 이거 정말 기대되는군요! 이러다가 저희 홀리광고까지 신 대표님의 손에 넘어가는 것이 아닐지 모르겠네요."

"하하하! 지금 그 말씀 홀리광고 대표님이 들으시면 어쩌려고요?"

"들으면 저야 좋죠! 대신 유토피아 직원이 되면 공짜로 카페 커피를 이용할 수 있게 해 주셔야만 합니다. 그렇게만 해 준다면 제가 적극적으로 저희 대표님을 설득해 보도록 하겠습니다."

유승열의 의미심장한 언급에 찔린 구석이 있던 석기는 그저 조용히 웃을 뿐이었다.

❀

하루하루가 바쁘게 흘러갔다.

10층짜리 건물을 매입한 석기.

스물일곱 살의 나이에 건물주가 되었지만 그가 건물을 매입한 것은 다른 사람들에게 임대를 주려는 목적이 아니었기에 계획한대로 건물 리모델링에 들어갔다.

1층은 차를 마시는 카페로.

2층부터 4층까지는 유토피아엔터로 사용할 목적이었고, 5층은 행사 홀로, 6층은 피부건강을 위한 힐링센터로 활용하기로 했다.

특히 힐링센터는 회원제로 운영될 계획이라 실내 인테리어에 각별히 신경을 쓰도록 했다.

역시 돈이 좋기는 했다.

리모델링에 필요한 건축업자를 잔뜩 고용한 결과 한 달도

안 되어서 10층짜리 건물 안이 석기가 원하는 목적대로 변경이 되었다. 외관도 새로 도색을 해서 완전 새 건물처럼 느껴질 정도였다.

-신 대표님! 이제 건물 리모델링도 모두 끝났을 텐데 시간 괜찮으시면 저희 대표님과 함께 저녁 식사 어떻습니까?

"저야 좋죠!"

-그럼 이따가 저녁 7시에 회사 근방에 있는 감자탕에서 뵙는 거로 하죠.

"그럽시다."

홀리광고제작사 유승열이 석기에게 저녁 식사를 하자고 제안했고, 석기는 흔쾌히 수락했다.

홀리광고제작사는 형제가 운영하는 광고제작사였다.

유토피아 연예인 비누 광고가 대박을 터트린 바람에 신생 광고제작사였지만 단박에 광고계에 두각을 드러내게 되었다.

'생각했던 것보다 빨리 홀리광고를 흡수하게 될 수도 있겠군.'

유승열과 통화 시에 그의 속마음을 들어 버렸다.

유승열 형인 유승철.

회귀 전에도 명성샘물 광고로 대박을 터트리자 유승철은 홀리광고를 아우인 유승열에게 넘기고 외국으로 떠났다.

아우 유승열을 인정한다는 의미.

사실 형 유승철은 광고 제작보다는 영화에 뜻을 갖고 있었다. 나이가 한 살이라도 젊을 때 원하는 연출 공부를 하려는 생각일 터.

회귀 전의 인생에선 유승철이 외국으로 떠나는 것은 지금이 아니라 내년에나 벌어질 일이었다.

석기가 회귀를 하여 유토피아 대표가 되면서 연예인 비누 광고를 홀리광고제작사에 맡기는 바람에 일찍이 홀리광고가 세간에 알려지게 되었고, 그로 인하여 유승철이 외국으로 떠나는 것도 앞당겨지게 된 셈이었다.

❈

저녁이 되었다.

석기는 박창수와 약속 장소인 감자탕 음식점으로 향했다.

아직 홀리광고 대표에게 직접 인수 얘기를 들은 상황이 아니었기에 박창수에게는 그저 저녁 식사를 하는 자리로만 얘기했고, 눈치가 빠른 녀석도 더는 묻지 않았다.

홀리에선 유승열과 그곳의 대표 유승철이 나왔다.

형제라 그런지 나이 차이는 있었지만 생김새가 비슷했다.

삼국지에 나오는 장비와 닮은 형제들 분위기.

서로 간단하게 인사를 나누고 저녁 식사를 하게 되었다.

같은 건물에서 사무실을 갖고 있었지만 유승열은 몰라도 형 유승철은 만날 일이 별로 없었다.

감자탕에 소주를 곁들였다.

분위기가 무르익자 유승철이 속내를 털어놓았다.

"실은 신 대표님에게 저희 홀리광고에 대해 드릴 제안이 있어서 만나자고 했습니다."

이미 속마음을 들었기에 유승철 입에서 무슨 얘기가 나올지 알고 있었지만 석기는 진중한 태도로 상대의 말에 귀를 기울였다.

"저희 홀리광고를 유토피아에서 인수하시면 어떻겠습니까?"

석기는 이미 짐작하던 일이라 침착한 표정이나 박창수의 눈이 동그래졌다.

유승철의 얘기가 다시 이어졌다.

"이번에 유토피아 비누 광고로 대박을 터트린 덕분에 홀리광고의 입지가 대폭 상승했습니다. 해서 이제는 마음 놓고 동생 승열이에게 홀리광고제작사를 넘기고 외국으로 연출 공부를 하러 떠날 생각입니다. 근데 이 녀석이 신 대표님 얘기를 꺼내더군요."

"갑자기 들은 얘기라 좀 당황스럽군요."

"그럴 겁니다. 워낙 종잡을 수 없는 녀석이라서 말이죠."

"그거는 유 대표님도 만만치 않은 듯싶은데요? 유승열 과장님이 누굴 닮았나 싶었는데, 형님을 그대로 빼다 박았네요. 솔직히 지금 유 대표님 나이에 갑자기 외국으로 연출 공부를 하러 떠난다는 행동을 보인다는 것은 결코 쉬운 일은 아니라 생각하니까요."

"하하하! 그런가요? 하여간 제 아우를 잘 부탁드립니다! 나이만 먹었다 뿐이지, 철이 없습니다."

석기가 보기엔 형도 철이 없기는 매한가지로 보였지만 두 사람 모두 인성은 좋은 사람들이었다. 그리고 재능도 뛰어난 존재들이었다. 천재성을 타고난 이들은 대부분 종잡을 수 없는 부분이 많은데 이들이 그런 유형이었다.

"그럼 홀리광고를 받아 주시는 거로 알고 저는 마음 편하게 외국으로 나가도 되겠습니까?"

"그 전에 유승열 과장님께 한 가지 묻고 싶어요. 왜 저희 유토피아에 홀리광고를 넘기려는 거죠? 우리는 광고 회사도 아닌데 말이죠."

석기의 질문에 유승열이 씩 웃으며 말했다.

"신 대표님 편이 되고 싶어서요."

"제 편이 되고 싶어서 홀리광고를 넘긴다고요?"

"좀 더 솔직히 말하자면 광고만 편하게 찍고 싶어서요. 승철이 형이 외국으로 떠나면 저 혼자 홀리광고를 이끌어야 하잖아요. 저야 광고 찍는 거는 잘해도 회사 운영은 영 젬병이거든요. 이번에 신 대표님께서 하늘엔터를 인수하신 것을 보고 홀리광고를 유토피아에 넘기면 어떨까 생각이 들더군요.

그래서 승철이 형에게 상의했더니 저 꼴리는 대로 하라고 하네요. 그래서 그렇게 하려고요."

형제가 아주 개성이 강했다.

유승철은 광고 하나 대박 터트렸다고 동생에게 광고제작사를 떡하니 맡겨 버리고 외국으로 떠날 생각을 하지를 않나, 그리고 동생인 유승열은 회사 운영은 싫다고 또 그걸 유토피아에 넘겨 버리겠다고 나오지를 않나⋯⋯.

하여간 석기로선 나쁜 현상은 결코 아니었다. 안 그래도 오장환이 통합 미디어 사업을 시작하게 되었다는 것에 내심 석기도 홀리광고제작사의 인수를 염두에 두었던 터였다.

나중에 유승철이 외국에서 연출 공부를 마치고 국내로 들어온다면 형제가 힘을 합쳐 영화나 드라마 제작도 넘볼 수 있게 될 터.

"그럽시다! 대신 홀리광고제작사를 제가 인수하게 된다면 저도 두 가지 조건이 있습니다!"

"조건이 뭐죠?"

"첫 번째 조건은 유 대표님 연출 공부가 끝나서 나중에 국내로 들어오게 된다면 그때 영화 한 편을 꼭 홀리광고제작사에서 만드는 겁니다. 그렇게 해 주시겠다고 약속을 하신다면 홀리광고를 인수하겠습니다."

"하아!"

당황한 유승철이 입을 떡 벌렸다.

이건 누가 봐도 유승철에게 유리한 조건인 탓이다. 그리고 석기가 유승철과 유승열을 배려한 제안임을 알 수 있었다.

"감사합니다! 이거, 나이는 어리신 분이 저희보다 어른스럽네요."

"종종 그런 얘기 듣습니다."

석기가 멋쩍게 웃었다.

이번엔 아우인 유승열이 석기를 향해 물었다.

"그럼 두 번째 조건은 뭐죠?"

"홀리광고는 앞으로 유토피아 광고제작사로 상호가 변경될 겁니다! 홀리란 상호에 애착을 갖고 있을 텐데 괜찮겠습니까?"

"괜찮습니다! 홀리란 상호로 연예인 비누 광고를 찍었으니 그걸로 충분히 만족합니다! 새 술은 새 부대에 담는다는 말처럼, 앞으로 유토피아에서 더욱 멋진 광고를 만들어 볼 테니 기대하십시오!"

"그렇게 말씀해 주셔서 감사합니다!"

혹시 유승열이 '홀리'란 상호에 집착을 갖고 있다면 어쩌나 싶었는데 다행히 쿨하게 넘어갔다.

너무도 수월하게 홀리광고제작사 인수 문제가 정리되었다. 계약서 작성은 정식으로 내일 변호사 입회하에 작성하기로 했다.

아침이 되었다.

홀리광고 대표 유승철.

그는 계약서를 작성하기 전에 직원들을 회의실에 불러 놓고 홀리광고제작사를 유토피아에서 인수할 것임을 밝혔다.

"유토피아에서 인수한다 해도 여러분이 하던 업무는 지금까지 하던 일을 그대로 하면 됩니다. 그러니 아무런 문제는 없을 것이라 생각하지만 그래도 이곳을 떠나실 분들은 말씀해 주세요."

"저희가 떠나긴 왜 떠나요?"

"맞아요! 건물주인 신 대표님이 우리 회사 대표님이 되셨으니 앞으로 임대료에 대해선 전혀 걱정하지 않아도 될 텐데 오히려 좋죠!"

"저희 홀리광고가 유토피아에 인수되면 같은 직원이니 1층 카페 공짜로 커피를 이용할 수 있지 않나요?"

"연예인 비누랑 릴렉스 향수도 직원가로 구입할 수 있으니 너무 좋아요!"

홀리광고제작사가 유토피아에 인수된다는 사실에 아주 해피한 직원들 반응들이었다.

특히 여직원들은 유토피아에서 생산한 연예인 비누와 릴렉스 향수를 직원가로 구매할 수 있다는 것에 만세삼창까지 불러 댈 지경이었다.

"형님 서운해요? 그러게 회사에 얼굴을 자주 비추지 그러셨어요. 직원들이 너무 좋아하네요. 이럴 줄 알았더라면 진즉에 유토피아에 넘기는 건데 그랬나 봐요."

"쩝! 할 말이 없게 만드네. 그래도 다행이다. 직원들이 1명도 그만두는 사람이 없다는 것이."

유승철이 쓸쓸히 웃었지만 마음 한편으론 안심이 되었다. 직원들 모두가 선호하는 석기가 홀리광고를 넘겨받게 되었으니 말이다.

"내 반드시 기깔 나는 영화 한 편 만들어 보마!"

"형님은 잘하실 겁니다! 파이팅!"

유승열은 형 유승철의 꿈을 응원했다. 대학시절 영화를 찍는다고 들개처럼 여기저기 싸돌아다니던 형이 아버지가 돌아가신 후로 가장 노릇을 하겠다면서 형제가 힘을 합쳐 광고 제작사를 차린 것이다. 영화보다는 광고는 그나마 돈벌이도 되고 말아먹을 염려는 없었기에.

유승열은 영화에 대한 꿈을 접은 형이 늘 마음에 걸렸던 터였는데 다시 꿈을 향해 나아간다는 것이 너무 감사하게 여겨졌다.

모든 것이 석기로 인해서였다.

석기를 만나고 인생이 달라졌다.

명성기업 회장실.

오장환 회장은 유토피아에서 하늘엔터를 인수한 것을 명성에 대한 명백한 도발로 받아들이고 있었다. 해서 비서실장 남기택에게 유토피아의 돌아가는 분위기를 파악토록 지시를 내리고 있는 상황이었다.

오장환의 호출에 남 실장이 회장실로 들어왔다.

"부르셨습니까, 회장님!"

"유토피아에서 10층짜리 건물을 매입했다는 소문이 들리던데, 당장 그것 좀 확인해 봐!"

"실은 안 그래도 정보팀 애들 시켜서 확인해 봤는데 사실로 밝혀졌습니다. 그리고 유토피아에서 인수한 하늘엔터를 매입한 건물로 이전할 모양입니다."

오장환은 유토피아에서 10층짜리 건물을 매입했다는 것에 심기가 불편했지만 그걸 남 실장 앞에서 내색하기가 싫었기에 빈정거리듯이 나왔다.

"그래 봤자 겨우 10층짜리 건물 하나 매입한 것 아냐? 게다가 소속 연예인 숫자는 고작 2명밖에 되지 않는다면서?"

"그건 그렇습니다. 민예리 배우와 정나우 가수지망생, 이렇게 단 둘밖에 되지 않죠. 하지만 그동안 임대 건물에서 어렵게 사업했던 하늘엔터가 유토피아에서 인수를 하면서 환경이 좋아졌다는 점이 아무래도 마음에는 걸립니다. 그리고 비록 하급 광고제작사이긴 하지만 연예인 광고로 대박을 터트렸던, 같은 건물에 있던 홀리광고가 이번에 유토피아의 손에 넘어갔다고 합니다. 하늘엔터에 이어 광고제작사까지…… 뭔가 분위기가 이상하게 흐르고 있습니다."

남 실장의 말을 들은 오장환의 인상이 험악하게 일그러졌다.

찍어 눌러 주고 싶은 유토피아가 자꾸만 눈엣가시처럼 굴고 있는 것이다.

잠시간 테이블을 탁탁 손가락으로 내려치던 오장환의 눈빛이 비열하게 번들거렸다.

"민예리 배우, 요즘 어떻게 지내고 있지?"

"조만간 MB방송국 드라마에 들어갈 것으로 알고 있습니다."

"드라마? 누구 작품이야?"

"서말숙 작가님 작품입니다. 그곳에 여자 주인공으로 캐스팅이 될 것이라는 말이 있습니다."

"서말숙이면 안방 시청자 팬들이 많을 테니 시청률이 꽤 나오겠군."

"아마 그럴 거로 예상됩니다."

민예리가 잘되는 꼴을 절대 봐줄 수가 없는 오장환이 남실장에게 지시를 내렸다.

"MB드라마 장 국장과 서말숙 작가를 한번 만나야겠으니 자리를 마련해 봐. 우리 명성미디어가 출범 후 첫 목표를 하늘엔터를 박살 내는 것으로 잡았는데, 신석기 그놈이 그곳을 인수하는 바람에 계획이 틀어지고 말았어! 나를 방해한 대가로 민예리 배우가 영화와 드라마에 절대 얼굴을 비추지 못하게 막아야겠어!"

한성후를 잡아 보겠다

강남에 위치한 일식 전문점.

　　VIP 손님을 위한 별실에 손님 3명이 자리하고 있었는데,
모임을 주도한 인물은 오장환 회장의 측근 남기택 비서실장
이었다.

　　오장환의 지시로 남기택은 MB방송국 드라마 국장 장길홍
과 서말숙 작가에게 저녁 식사를 대접하기 위해 자리를 마련
하게 된 것이다.

　　은테 안경을 착용한 남기택은 사십대의 나이였고, 눈빛에
서 어딘지 모르게 교활함이 느껴졌다.

　　그리고 남기택 맞은편에 자리한 드라마국 장길홍 국장은
오십 줄에 이른 나이로, 음주가무를 즐기는 사람답게 겉으로

보이는 분위기는 꽤 호탕해 보였다.

　그런 남기택 옆자리에 MB방송국에서 드라마 작가로 활동 중인 서말숙이 앉아 있었다.

　웨이브가 살짝 들어간 단발에 세미정장을 걸친 그녀는 나이는 장길흥 국장과 비슷했지만, MB방송국 작가 중에서 가장 깐깐하기로 소문이 난 인물답게 표정이 매우 차가워보였다.

　"필요하면 부를 테니 다들 나가 봐요."

　요리들이 테이블에 세팅이 끝나자 지배인과 점원들이 죄다 별실에서 빠져나갔다.

　그렇게 실내에 셋만 남게 되자 오늘 모임 자리를 주도한 남기택이 얼른 술병을 들고는 장길흥을 웃으며 쳐다봤다.

　"제가 한잔 올리겠습니다!"

　남기택이 장길흥의 술잔에 술을 채워주고는 옆의 서말숙을 쳐다봤다.

　"작가님도 한잔 드시지요."

　"아뇨, 제가 요즘 약을 먹고 있어서요."

　"마시지 않아도 괜찮으니 그래도 한잔 따라 드리겠습니다."

　"그러시든가요."

　남기택이 서말숙 작가의 잔에도 술을 채워 주었다.

　사실 장길흥 국장과는 사전에 통화를 나눈 상태였다.

그랬기에 장길흥은 남기택에게 친화적으로 굴고 있었다.

하지만 서말숙 작가는 장길흥이 할 얘기가 있으니 저녁 식
사를 함께하자는 말에 따라왔는데, 이곳에서 떡하니 명성기
업의 비서실장인 남기택을 만난 것이 달갑지가 않은지 표정
이 불편해 보였다.

그렇게 요리를 먹으면서 술이 한차례 돌고 나자 장길흥 국
장이 사전에 남기택과 나눈 얘기가 있었기에 먼저 운을 떼었
다.

"명성에서 이번에 통합 미디어 사업을 시작했다는 소식 들
었습니다. 늦었지만 축하드립니다."

"감사합니다. 회장님께서도 식사 자리에 참석하시려 했지
만 몸이 좋지 않으셔서 이렇게 저만 참석하게 되었습니다.
모쪼록 많은 지도 편달 부탁드립니다."

"회장님 건강이 많이 좋지 않으시다는 소문은 들었습니
다. 빨리 쾌차하셔야 할 텐데요."

"지금은 회장님 상태가 제법 호전된 편입니다."

"그렇군요. 명성 덕분에 우리 대한민국의 미디어 사업이
지금보다는 한 차원 높게 성장할 것이라 생각합니다. 저희
MB방송국에서도 명성미디어의 행보에 많은 기대를 갖고 있
습니다."

"이제 겨우 시작한 미디어 사업입니다. 장 국장님 같은 분
이 저희 명성미디어를 많이 도와주셔야 할 겁니다. 쓴 소리

라도 좋으니 과감하게 조언도 해 주십시오."

그렇게 남자들이 술을 마시면서 대화를 나누는 모습에도 서말숙은 끼어들지 않고 요리를 먹는 것에만 집중했다.

하지만 남기택이 이런 자리를 만든 이유는 서말숙에게 확답을 받을 것이 있어서였다.

그랬기에 남기택은 장길흥 국장과 대화를 어느 정도 나누고 나자 슬슬 서말숙을 상대하고자 나왔다.

"서 작가님! 차기작으로 정해진 작품의 시나리오가 아주 좋더군요."

"제 작품을 읽어 보셨나요?"

"네! 앞서 방영되었던 작품보다 차기작이 더욱 대박 작품이 될 것으로 예상됩니다."

"왜 그렇게 생각하죠?"

"작가님 특유의 대사가 이번 차기작에서 더욱 빛을 발하는 느낌입니다."

그러자 장길흥도 사전에 남기택과 협의한 내용이 있었기에 얼른 남기택을 도와주듯이 나왔다.

"우리 서 작가님의 작품은 대사빨이 절반은 먹고 들어가죠! 다른 작가들 하고는 달리 개성이 넘치죠!"

"맞습니다! 하하하!"

그렇게 두 사람이 작가 서말숙을 한껏 띄워주고 나서, 다시 남기택이 목적한 것이 있었기에 눈을 빛내며 서말숙에게 말을 걸었다.

"서 작가님 차기작에 여자 주인공으로 민예리 배우가 물망에 올랐다고 하던데 사실인가요?"

"그래요. 민예리 배우 정도면 여주를 맡아도 무방하니 캐스팅 1순위로 생각하고 있어요."

"하긴 민예리 배우 얼굴도 예쁘고 연기력이 좋긴 합니다."

"잘 아시네요. 릴렉스 향수 광고를 보고 나서 민예리 배우를 제 작품에 출연시킬 생각을 하게 되었죠. 근데 릴렉스 향수는 명성과 라이벌 관계라 좀 불편하실 수 있겠네요."

서말숙이 남기택의 반응을 떠보려는 의도인지 지그시 그의 얼굴을 주시했다.

그러자 당황한 남기택이 손을 내저으며 변명하듯이 나왔다.

"라이벌 관계라는 말은 어폐가 있는 듯싶네요. 저희 명성에서는 신생 업체인 유토피아를 전혀 경쟁 상대로 생각하지 않고 있거든요."

"남 실장님이 그렇게 말씀하신다면 그렇겠죠, 뭐. 대중도 그렇게 생각할지는 미지수지만요."

서말숙의 뼈있는 발언에 남기택의 표정이 슬쩍 굳어졌다.

민예리 배우.

서말숙의 차기작에서 민예리 배우를 출연시키지 못하게 만들고자 이런 자리를 주도한 남기택이었는데, 어째 서말숙이 이상하게 명성을 디스하는 분위기였던 탓이다.

오기가 난 남기택이 서말숙을 향해 다시 입을 열었다.

"민예리 배우, 솔직히 서 작가님 차기작의 여주로 어울리지 않는다고 생각합니다. 혹시 민예리 배우 대신에 다른 배우를 여주인공으로 출연시킬 생각은 없으신지요?"

"남 실장님! 말씀이 좀 지나치시네요. 민예리 배우를 제 차기작에서 빼 버리라는 말처럼 들리니 말이죠."

서말숙이 불쾌한 기색으로 남기택을 노려봤다.

자존심이 강한 서말숙은 자신의 작품에 누가 참견하는 것을 몹시 싫어하는 성격이었다.

그러자 오늘 모임자리에서 중재역할을 맡은 장길흥이 두 사람의 대화에 끼어들었다.

"서 작가님! 작가님도 대충 눈치채신 듯싶으니 솔직하게 본론을 밝히도록 하죠. 이번 작가님 차기작은 명성제작사에서 드라마를 찍게 될 겁니다."

"그게 무슨 말이죠? 제가 듣기로는 차기작은 MB방송국에서 제작하기로 확정된 거 아니었나요?"

"처음에는 그렇게 결정되었으나 외주 제작을 하라는 지시가 내려왔습니다."

"뭐라고요? 그런 일을 나랑 상의 한마디 없이 결정해요?"

"명성 제작사에서 작가님 차기작을 찍게 되는 대신에 고료를 편당 5천을 더 받게 되실 겁니다."

"5천을? 확실히 명성이 돈이 많기는 한 모양이네요."

서말숙의 빈정대는 태도에 남기택의 얼굴이 슬쩍 붉어졌지만, 장길홍은 이왕 꺼낸 말이니 계속 대화를 이어 나갔다.

"연출 감독은 작가님이 원하는 사람으로 쓸 겁니다. 그러니 명성 제작사에서 차기작을 찍게 된다 해도 문제될 것은 없을 겁니다."

"재미있네요."

서말숙이 빈정대듯이 웃었다.

편당 5천을 더 받게 된다면 최소 16부작으로 끝날 경우 8억이란 돈이 더 생긴다.

8억!

솔직히 적은 액수는 아니었다.

거기에 연출 감독도 서말숙 작가에게 선택권이 주어진다.

나쁘지 않은 조건이다.

아니, 과분한 조건이다.

하지만 서말숙은 화가 났다.

차기작의 여자 주인공.

과분한 조건이지만 차기작 여자 주인공으로 민예리를 제외시켜야 한다는 것이다. 여자 주인공을 결정하는 문제는 작가인 그녀에게 달렸기에 배역을 정하는 문제에 명성에서 간섭을 하려는 것이 자존심이 용납지 못했다.

그랬기에 서말숙은 이런 자리에 그녀를 부른 장길홍 국장에게 불쾌한 감정을 숨기지 않았다.

"장 국장님! 제가 그렇게 호락호락해 보입니까? 제가 그깟 8억에 넘어갈 사람처럼 보여요?"

"서 작가님! 고정하세요!"

"이딴 자리란 것을 알았으면 식사 자리에 절대 나오지 않았을 겁니다! 그리고 다시 한번 말하지만 제 작품의 배역을 정하는 문제는 제가 알아서 정합니다. 계약서에도 그렇게 명시했고요."

"네, 그 점 잘 알고 있습니다. 그래서 이렇게 작가님을 모시고 상의하려는 거 아닙니까?"

"이게 상의입니까? 일방적인 처사죠! 이런 식으로 나오겠다면 이번 차기작은 포기할 테니 다른 작가로 알아보세요!"

장길홍 국장에게 격한 감정을 쏟아 내는 서말숙의 태도에 남기택은 안 되겠다 싶었던지 얼른 다른 대안을 꺼냈다.

1안이 통하지 않을 경우를 대비하여 준비한 2안이다.

바로 아파트 계약서였다.

그걸 테이블에 내려놓은 남기택이 두 사람의 대화에 끼어들었다.

"분당에 있는 30평대 아파트 매매계약서입니다. 예전에 명성 건설에서 건축한 아파트이기도 하죠. 내년 봄에 서 작가님 따님이 결혼한다는 말을 들었습니다. 이건 저희 회장님께서 서 작가님을 위해서 준비한 마음의 선물입니다."

서말숙도 이번에는 전혀 예상 밖의 일인지라 크게 놀란 기색으로 아파트 매매계약서를 내려다봤다. 내년 봄에 결혼할 딸을 위해서 안 그래도 신혼집을 알아보고 있던 터였다.

　'역시 2안을 준비하길 잘했지.'

　남기택이 눈빛을 빛내며 서말숙을 회유하듯이 입을 열었다.

　"민예리 배우, 작가님의 차기작에 확실하게 여자 주인공으로 확정된 상황은 아니지 않습니까? 그리고 이건 참고하시라 드리는 말입니다. 저희 명성화장품 신제품 스킨 커버 광고 모델이었던 민예리 배우가 교묘하게 수작을 부려 위약금 없이 광고 모델 계약 해지를 했습니다. 그러고는 민예리 배우는 상대편 화장품 제품인 향수 광고를 찍었죠. 만일 민예리 배우가 서 작가님 작품에 합류한다고 해도 그런 일은 또 벌어질 수 있을 겁니다. 다른 곳에서 더 좋은 조건을 내민다면 얼마든지 뒤통수를 칠 것이라 봅니다. 그런 배우를 굳이 서 작가님 차기작의 여주로 쓸 필요가 있겠습니까?"

　서말숙이 아파트 매매계약서에 흔들렸음을 눈치챈 남기택은 민예리의 인신공격에 나섰다.

　명성에서 먼저 신뢰감을 떨어트린 행동을 한 것은 싹 빼고 그저 민예리가 돈독에 올라 다른 회사의 광고를 찍은 것처럼 말했다.

　그러자 남기택의 말에 힘을 실어 주듯이 장길홍도 협조를 하듯이 나왔다.

"흠흠, 그 일이 계기가 되어 명성화장품 주가가 잔뜩 하락했고, 심지어 갤로리아 백화점에서 퇴출을 당했다고 들었습니다. 그것 때문에 오 회장님이 엄청난 손실을 입었을 겁니다. 그러니 명성 제작사에서 작가님 차기작을 들어가게 된다면 당연히 민예리 배우를 빼고 싶을 겁니다."

장길홍이 분위기를 띄워주자 남기택이 다시 비열하게 나왔다.

"장 국장님의 말씀이 맞습니다. 서 작가님께서 저희의 요청을 거부하셔도 좋습니다. 차기작을 찍지 않으시겠다고 하신다면 저희는 따르는 수밖에 없습니다. 하지만 민예리 배우를 차기작에서 제외시킨다면 모두가 행복할 겁니다. 그리고 이 아파트 매매계약서는 작가님께 드릴 것이고요."

"……."

남기택의 말에 서말숙이 아무런 대꾸를 흘리지 않자 속이 탄 장길홍이 다시 지원사격을 나섰다.

"저도 민예리 배우가 서 작가님 차기작에 합류하는 것을 반대합니다. 괜한 분란의 소지가 있는 배우를 잘못 들여서 작품이 망가지는 꼴을 보고 싶지 않으니까요."

남기택도 눈에 힘을 주고 나섰다.

"오장환 회장님께서 새롭게 시작한 저희 명성미디어입니다! 첫 포문을 여는 것에 서 작가님이 도움을 주신다면 저희 회장님께서 그 은혜, 절대 잊지 않을 겁니다!"

말을 마친 남기택이 의미심장한 미소를 머금으면서 아파트 매매계약서를 서말숙 쪽으로 밀어 주었다.

"이건 서 작가님께 드리겠습니다."

상황이 이러하자 서말숙도 더는 침묵을 지키고 있을 수는 없어졌다. 가타부타 무슨 말이 필요했다. 그녀 앞에 놓인 아파트 매매계약서를 가만히 바라보던 그녀가 남기택을 쳐다봤다.

"민예리 배우를 제 차기작에서 제외시키는 문제는 생각해 보고 내일 말씀드리도록 하죠. 그런데 이건 가져가시는 것이 좋겠네요."

서말숙이 차가운 표정으로 아파트 매매계약서를 남기택 앞으로 밀어 놓았다.

그런데 그녀의 눈빛이 심상치 않았다.

마치 이런 상황을 예측했다는 눈빛처럼 보였다.

✿

한편 유토피아.

유토피아 대표인 석기는 박창수와 함께 건물 6층에 위치한 힐링센터로 향했다.

유토피아 힐링센터.

앞으로 유토피아의 최대 강점이 될 곳이기도 했다.

성수를 이용하여 사람들의 피부와 몸매 관리를 해 줄 힐링 공간이 되어 줄 터였기에.

힐링센터는 석기의 허락을 받지 않은 이들은 절대 들어올 수 없도록 할 생각이었다.

돈도 백도 통하지 않는 곳.

오로지 석기의 허락만이 작용하는 힐링센터를 건물 안에 만든 것은 유토피아엔터 소속 연예인들의 관리 차원에서였다.

연예인들에게 있어서 외모는 스펙이나 마찬가지였다. 못생긴 외모보단 아름다운 외모를 지닌 연예인이 스타가 될 확률이 높은 것은 사실이었다.

그랬기에 연예인들은 TV에 좀 더 멋지고 아름답게 비추기를 원했기에, 피부와 몸매 관리에 엄청난 돈을 투자하는 것을 아깝게 생각하지 않고 당연하게 받아들였다.

하지만 그렇게 돈을 투자하고도 아름다운 피부와 멋진 몸매를 갖는 것은 사실 많은 노력과 시간이 필요했다.

그런데 유토피아 힐링센터는 그리 많은 시간도 필요 없고 고통스럽게 살을 빼고자 다이어트를 할 필요도 없다는 점이었다. 적은 시간을 투자하고도 편안하게 아름다운 피부와 멋진 몸매를 갖게 될 수 있다는 것이다.

바로 성수로 인해서였다.

성수가 들어간 물로 피부와 몸매 관리를 한다면 단시일에 효과를 볼 수 있을뿐더러 무엇보다 부작용도 전혀 없다는 점이었다.

"어서 오세요, 이소영 기자님!"

마침 석기가 초대한 K연예매거진 기자 이소영을 힐링센터 입구에서 만나게 되었다.

그녀를 힐링센터에 초대한 이유는 이곳을 홍보하기 위해서였다. 직접 힐링센터를 경험하고 효과를 본 것에 대해 기사로 써 달라는 의미였다.

즉, 엔터계에서 유토피아엔터의 인지도를 구축하려는 차원에서였다. 고작 소속 연예인 숫자가 2명에 불과한 상황이나, 다른 연예기획사와는 차별화를 둘 계획이었다.

석기는 이왕 엔터계에 발을 들인 이상, 연예인들이 가장 들어오고 싶어 하는 1순위 연예기획사로 만들겠다는 포부를 갖고 있었다.

그런 의미에서 힐링센터를 대중에 알릴 필요가 있다고 판단했고, 아마 기사가 나간다면 뜨거운 반응을 보일 거라 자신했다.

"초대해 주셔서 감사합니다!"

"안으로 안내하겠습니다."

석기는 이소영 기자를 힐링센터 안에 구비된 탈의실로 안내했다.

"탈의실에서 준비된 옷으로 갈아입으시고 제1 명상실로

나오시면 됩니다. 명상실 위치는 바로 탈의실 뒷문을 이용하시면 됩니다."

"알겠습니다. 이따 뵐게요."

석기와 박창수는 옷을 갈아입지 않고 먼저 제1 명상실로 들어섰다.

제1 명상실.

그곳은 겉으로 보기엔 아무것도 갖춰지지 않은 그저 텅 빈 공간에 불과했다.

공간의 크기는 교실 정도였고, 바닥은 마루로 되어 있었다.

벽에 가습기처럼 보이는 물체가 서너 개 부착되어 있었다.

일반적인 피부숍과는 전혀 다른 분위기였다. 그저 아늑하고 조용한 곳.

단지 일반 피부숍과 다른 점은 가습기처럼 보이는 곳에서 일렁일렁 뿌연 연기가 흘러나오고 있을 뿐이었다.

한 가지 특이한 점은 있긴 했다.

실내 공기가 너무 싱그러웠다.

마치 숲 속에 들어앉은 것처럼 청량했다.

가습기로 사용하는 물.

그건 일주일짜리 성수였다.

제1 명상실에 1시간만 들어앉아서 명상을 한다면. 피부숍과 헬스장을 한 달 동안 다닌 효과를 볼 수 있다는 점이었다.

명상 시간은 하루에 1시간으로 잡았다.

특별 관리가 필요한 이들은 성수의 농도가 보다 짙은 제2 명상실을 이용하여 관리에 들어갈 계획이었다.

이소영 기자의 피부와 몸매 상태는 비교적 양호한 편이었기에 제1 명상실만으로도 충분히 효과를 볼 수 있을 것이라 여겼다.

드르륵!

이소영이 제1 명상실로 나왔다.

그녀가 걸친 황토색 옷은 찜질방에서 흔히 볼 수 있는 찜질복과도 같은 분위기였다.

먼저 명상실에 들어와서 기다리고 있는 석기와 박창수를 향해 가볍게 고개를 끄덕여 보인 그녀가 실내를 이리저리 둘러봤다. 의문이 이는 그녀의 눈빛. 하긴 당연했다.

[겉으로 보기엔 그냥 단순한 명상실처럼 보이는 분위기인데. 이런 곳에서 대체 피부와 몸매 관리를 어떻게 해 준다는 거지?]

이소영 속마음이 들렸다.

신비로운 연예인 비누와 릴렉스 향수를 만든 유토피아에서 준비한 힐링센터라는 것에 나름 크게 기대를 갖고 있었다.

하지만 아무것도 없는 텅 빈 명상실의 분위기에 살짝 실망감이 들긴 했다.

[근데 저건 뭐지? 저기 가습기 같은 것에서 연기가 흘러나오고 있는데.]

이소영은 벽에 설치된 물체에서 연기가 흘러나오는 것을 눈을 빛내며 쳐다봤다. 일반적인 명상실과는 유일하게 다른 점이기도 했기에.

석기가 서 있는 이소영을 향해 말했다.

"이소영 기자님! 아무 데나 편한 곳에 앉으셔서 1시간 동안 쉬시면 됩니다."

"1시간 동안? 혹시…… 정좌를 해야 하나요?"

"그건 아닙니다. 어떤 자세든지 상관없습니다. 눕고 싶으면 누워도 되고요."

"아, 알겠어요."

아직 그녀는 반신반의 하는 기색이다.

이소영은 차마 바닥에 눕지는 못하고 가만히 앉았다. 속으론 과연 이러고 있는 것이 어떤 효과가 있을지 의문이 거듭 이어졌지만.

그렇게 1시간이 흘러갔다.

1시간이 지나자 연기가 뚝 멈추었다.

"이소영 기자님! 이제 샤워실로 가셔서 씻고 나오시면 됩니다. 안에 필요한 물품이 구비되어 있으니 그걸 사용하시면 되고요."

"네, 알겠어요."

이소영이 자리에서 일어섰다.

순간 그녀의 고개가 갸우뚱거려졌다.

몸이 너무 가볍게 느껴진 탓이다.

특히 그녀가 고질병처럼 지니고 있던 어깨 결림 증상이 싹 사라진 것이다.

누가 그녀의 몸을 마사지 해 준 것도 아니고, 이곳에 와서 한 것이라곤 그냥 편안하게 자리에 앉아 1시간 동안 명상만 했을 뿐이었다.

[대박! 명상으로 이런 효과를 볼 수 있다고? 그렇다면 피부는…….]

이소영은 서둘러 샤워실로 향했다.

샤워가 끝났다.

거울에 비춘 얼굴을 확인했다.

유토피아에 오기 전까지만 해도 기미와 잡티로 인해 화장으로 진하게 피부를 가리고 있었다.

하지만 지금은 화장을 걷어 낸 생얼의 상태인데, 기미와 잡티가 모두 사라졌다.

피부의 탄력감도 몰라보게 탱탱해졌다. 마치 이십대로 돌아간 기분마저 들 정도였다.

거기에 뱃살까지.

겉으로 보기엔 괜찮아 보이는 몸매처럼 보일지 몰라도, 밤 늦게까지 술을 자주 마시다 보니 뱃살이 살짝 튀어나온 그녀의 몸매였다.

그런데 뱃살이 탄탄해졌다.

믿을 수 없는 현상에 그녀의 입이 떡 벌어졌다.

'대박!'

석기가 안내한 제1 명상실에서 1시간 명상했을 뿐이었다.

그런데 피부와 몸매가 확실하게 효과를 본 것이다.

'이곳을 한번 경험한 이들은 유토피아를 절대 떠나지 못할 터!'

이소영은 그제야 석기가 엔터 사업에 자신 있게 뛰어든 이유를 알 것도 같았다.

하늘엔터를 인수한 유토피아.

지금은 소속 연예인 숫자가 많지 않지만 힐링센터에 대한 것이 소문난다면 재능이 넘치는 배우와 가수들이 서로 유토피아에 들어오고자 난리일 것이다.

"이소영 기자님! 저희 힐링센터 사용해 본 소감이 어떻습니까?"

석기의 질문에 힐링센터를 직접 경험한 이소영이 말이 필요 없다는 듯이 환하게 웃으며 엄지를 척하니 들어 올렸다.

이소영 지금 마음 같아선 아무리 입장료가 비싸더라도 매일매일 이곳을 찾아오고 싶을 정도였다.

힐링센터의 경험을 하고난 이소영은 석기의 인터뷰가 남았기에 이번엔 1층 카페로 다 함께 내려왔다.

카페 직원을 구하는 중이었기에 석기가 직접 커피를 내려서 이소영에게 접대했다.

커피로 사용하는 물도 성수.

다른 곳의 커피보다 맛이 좋은 것은 당연했다.

"와아! 커피 진짜 맛있어요!"

이소영은 커피 맛에 홀딱 반했다.

지금까지 그녀가 최고로 쳐 주었던 커피점보다 유토피아 커피가 몇 배로 맛이 좋았다.

"힐링센터는 제한이 있지만 1층 카페는 유토피아 직원들이라면 무료로 이용할 수 있습니다. 앞으로 이소영 기자님도 무료로 여기 카페를 이용하실 수 있도록 해 드릴게요."

"감사합니다! 저도 유토피아로 막 직장을 옮기고 싶네요. 흐흐!"

"기자님께서 저희 유토피아로 오신다면 저희야 대환영이죠!"

석기가 웃으며 이소영을 쳐다봤다. 직장을 옮기고 싶다는 말은 반은 진심으로 여겨졌지만.

자연스럽게 인터뷰가 이어졌다.

"저희 유토피아 힐링센터는 돈을 벌기 위한 목적으로 만든 곳이 아닙니다. 해서 힐링센터는 회원제로 운영하게 될 겁니다."

"그럼 회원이 아닌 사람들은 힐링센터를 이용하지 못하는 건가요?"

"그렇습니다. 억만금을 준다 해도 회원이 아닌 분들은 절대 힐링센터를 이용하지 못할 겁니다."

"회원을 선발하는 기준은 뭐죠?"

"저희 힐링센터를 이용하실 회원들은 저와 면담한 후에 통과하신 분들에 한해서만 회원 발급을 해 드릴 생각입니다."

석기는 사람들 속마음을 들을 수 있었기에 면담을 통해 정말 필요한 이들이 힐링센터를 이용토록 할 생각이었다.

그리고 힐링센터를 이용하여 인맥을 구축할 계획이었다.

그가 비록 신비로운 블루문의 마스터이긴 해도 아직 석기에겐 많은 것이 부족했다.

화장품과 샘물 사업 못지않게, 힐링센터는 석기에게 든든한 배경이 되어 줄 것이라 믿었다.

석기의 인터뷰가 계속 이어졌다.

"신 대표님께서 하늘엔터와 홀리광고제작사를 인수하셨다고 들었습니다. 혹시 힐링센터를 건물 안에 만든 이유가 이것과 연관이 있는 일일까요?"

역시 기자답게 눈치가 빠른 이소영이었다.

힐링센터에 그녀를 초대한 이유를 알고, 인터뷰를 자연스럽게 이끌었다.

"사실 힐링센터는 유토피아엔터를 위해서입니다. 그런 의미에서 저희 기획사 소속 연예인들에게는 전원 힐링센터 회원권을 발급해 드릴 생각입니다."

석기의 답변에 박창수는 이미 알고 있는 사실이었기에 커피를 음미하며 인터뷰를 방해하지 않고자 웃으며 지켜보았지만, 이소영은 크게 놀란 눈치였다.

무엇보다 그녀는 조금 전에 힐링센터를 직접 경험하여 크게 효과를 본 상태였기에 지금 석기가 한 말의 파급효과를 떠올리자 감탄이 흘러나왔다.

"와! 그렇다면 유토피아 소속 연예인들은 피부와 몸매 관리를 힐링센터에서 받을 수 있겠군요."

사실 이건 연예계에 엄청난 이슈가 될 얘기였다.

유토피아 힐링센터.

그것의 진정한 가치를 알게 된다면 누구나 유토피아엔터 소속 연예인이 되기를 원할 테니 말이다.

"맞습니다. 저는 유토피아엔터를 연예인들이라면 누구나 꿈꾸는 최고의 기획사로 만들 생각입니다. 유토피아 소속 연예인들이 최고의 멋진 몸매와 피부를 갖도록 최선을 다할 것입니다."

힐링센터의 효과를 본 탓에 이소영은 석기의 말이 어쩌면 정말로 이루어질 수 있는 꿈이 될 수도 있다는 생각이 들었다.

"신 대표님 말씀만 들어도 제가 괜히 가슴이 설레네요. 오늘 딱 한 번 힐링센터를 경험해 봤지만 진짜 신세계를 경험한 느낌이거든요."

"신세계라……? 그렇다면 그 기분을 앞으로도 계속 만끽하게 해 드려야겠군요. 그런 의미에서 이소영 기자님에게 힐링센터 회원권을 드리겠습니다."

"왁! 힐링센터 회원권을요? 너무 감사합니다! 감사합니다!"

이소영이 거듭 인사를 했다.

앞으로 돈을 주고도 구할 수 없는 힐링센터 회원권이 될 터. 아름다운 피부와 몸매를 지닐 수 있다는 것은 너무도 행복한 일이었기에 이소영은 진심으로 기뻐했다.

"인터뷰는 이만 끝내도록 하죠."

"신 대표님! 힐링센터에 저를 콕 찍어서 초대해 주신 점, 최대한 멋진 기사로 보답하겠습니다."

"그래요, 좋은 기사 부탁드립니다."

마침 인터뷰가 끝난 순간.

웅웅!

석기의 핸드폰이 울렸다.

액정을 확인한 석기.

적당한 시간에 걸려온 전화에 석기의 입꼬리가 슬쩍 올라갔다.

"네! 작가님! 1층 카페로 오시면 됩니다."

석기와 통화를 나눈 상대.

그녀는 바로 서말숙 작가였다.

MB방송국 드라마국 국장 장길홍을 따라 명성의 비서실장 남기택이 주도한 저녁 식사 자리에 참석했다가 모임이 끝나자 곧장 석기에게 연락한 것이다.

끼이익!

카페 앞에 승용차가 정지했다.

서말숙은 식사 자리에서 남기택이 술을 따라 주었지만 술을 전혀 입에 대지 않았기에 직접 차를 몰고 이곳에 온 것이다.

타악!

차에서 내린 서말숙.

10층짜리 건물의 1층에 자리 잡은 카페를 향해 그녀가 움직였다.

유토피아 대표 석기.

그를 만나기 위해서였다.

아까 일식집에서 남기택이 서말숙에게 내민 분당에 위치한 30평대 아파트 매매계약서. 그걸 본 순간 서말숙은 솔직히 마음이 흔들렸다. 분당에서 명품으로 알려진 아파트였기에 딸의 결혼 선물로 최상의 선물이 될 것임은 두말할 필요가 없었기에 말이다.

하지만 그걸 받게 된다면 민예리 배우를 그녀의 차기작 여자 주인공 배역에서 제외시켜야만 한다는 것이다.

민예리 배우.

사실 대한민국에 여배우가 민예리만 있는 것은 아니지만.

TV에 나오던 릴렉스 향수 광고를 본 순간 첫눈에 차기작의 여자 주인공으로 민예리 배우만큼 작품을 잘 소화할 여배우는 없을 것이라 생각한 것이 문제였다.

그건 일종의 직감이었다.

직감은 작품에 어울리는 배역을 족집게처럼 잡아냈다.

그런 직감 덕분에 지금까지 젊고 창의적인 감각이 뛰어난 작가들을 물리치고, 서말숙이 MB방송국 드라마국에서 최고의 작가로 자리매김하고 있는 것이다.

물론 딱 한 번 있긴 했다.

직감을 무시하고 연예기획사의 로비를 받아 선택한 배우를 드라마에 출연시킨 적이 있었다.

시나리오가 나무랄 데 없이 훌륭하다는 평을 받았기에 매우 기대를 걸고 있는 작품이었지만, 막상 드라마가 TV에 방영 되고 나서는 시청자들의 관심을 끌지 못했다.

배우의 외모는 뛰어났지만 기대치에 미치지 못한 주인공의 발연기 때문이었다.

그 후로 그녀는 배우를 콘텍트할 때 아무리 연예기획사에서 돈을 싸들고 와도 자신의 직감을 부적처럼 신뢰하게 되었다.

그리고 그걸 지킨 후로는 그녀의 작품들은 하나같이 대중을 만족시키는 드라마가 될 수 있었다.

－서말숙 작가님! 저는 유토피아 대표 신석기입니다! 잠시 통

화 가능하실까요?

실은 어제 유토피아 대표 석기에게서 연락이 왔다.

-서 작가님! 초면에 이런 말씀드리는 것이 대단한 실례임을 알고 있습니다. 하지만 하늘엔터를 저희 유토피아에서 인수한 이상 저는 소속 배우들을 지켜야 할 책임이 있습니다. 아직 확정된 것은 아니지만 서 작가님 차기작에 민예리 배우님이 물망에 올랐다는 거 알고 있습니다. 그래서 연락을 드리게 되었습니다.

서말숙은 처음엔 석기 연락을 싸늘하게 대했다.

"신 대표님! 배우를 잘 봐 달라고 부탁하려는 거라면 이만 전화 끊겠습니다. 그리고 아직 확실하게 그쪽 배우가 제 차기작에 내정된 상태가 아닌 이상, 솔직히 이런 연락 매우 불편하거든요."

서말숙의 싸늘한 태도에도 석기는 차분하게 응대했다.

-작가님을 불편하게 해 드린 점은 사과드리겠습니다. 하지만 명성기업에서 농간을 부려 작가님 차기작에 민예리 배우를 제외시킬 것을 요구한다면 유토피아 대표로서 그건 막아야 한다고 생각합니다.

"명성에서 농간을 부린다고요?"

-저를 노골적으로 싫어하는 명성 회장님이시니 이번 경우에도 가만있지 않을 거라 생각합니다. 물론 작가님은 명성의 어떤 제안에도 흔들리지 않을 것이라 생각해서 이런 연락을 드린

것이지만요.

서말숙은 흥미를 느꼈다.

과연 석기가 무슨 의도로 이런 연락을 한 것인지 궁금했다.

안 그래도 얼굴 피부가 좋지 못했던 딸이 연예인 비누를 사용하고 피부가 몰라보게 좋아졌다.

그러던 터에 그녀의 차기작 여자 주인공으로 내정한 민예리 배우 소속사가 유토피아엔터로 바뀌었다.

아직 세간에 공식적으로 발표된 것이 아니지만, 서말숙은 차기작 여자 주인공으로 민예리 배우를 생각했다.

하지만 그런 사실을 석기에게 밝힌 것이 아니었기에 서말숙은 상대의 반응을 테스트하듯이 나왔다.

"민예리 배우, 제가 차기작 여주로 콘텍트하지 않겠다고 한다면 저를 어떤 식으로 설득할 거죠?"

뜻밖의 답변이 흘러나왔다.

-작가님께 저희 힐링센터를 경험하게 해 드릴 생각입니다.

"힐링센터를 경험하게 한다고요?"

-만일 작가님께서 민예리 배우가 차기작에 정 어울리지 않는다고 판단하시면 저도 깨끗하게 승복할 것이니 염려하지 않으셔도 됩니다. 하지만 저희 유토피아 힐링센터는 한번 경험해 보시는 것을 권하고 싶습니다. 절대 후회하지 않을 겁니다.

서말숙 작가는 사람의 호기심을 자극하는 석기의 연락에

결국 이렇게 유토피아를 찾아오게 되었다.

카페에는 석기만 있었다.

인터뷰가 끝나자 이소영 기자와 박창수를 먼저 보냈다.

여럿이 있는 것보단 석기 혼자서 서말숙을 상대하는 것이 좋겠다고 판단했기에.

"신석기입니다! 시간 내주셔서 감사합니다!"

"서말숙이에요."

석기의 준수한 외모에 서말숙의 눈동자가 살짝 흔들렸다.

[유토피아 대표, 배우를 해도 될 얼굴이군.]

서말숙 속마음을 들었지만 석기는 내색하지 않았다.

석기는 곧장 본론으로 들어갔다.

"전화상으로 말씀드린 대로 힐링센터로 안내하겠습니다."

"일종의 뇌물인가요?"

"그건 아니지만 그렇게 여기신다면 좋은 의미로 받아 주십시오."

"좋은 의미로?"

"사실 힐링센터는 저희 유토피아엔터에 속한 연예인들을 케어할 목적으로 구비된 곳이기도 하죠. 그런 점에서 작가님께서 힐링센터를 직접 경험하게 되신다면 제가 왜 그곳을 작가님께 권하고자 했는지 알게 되실 거라 생각합니다."

"그렇게 말하니 더 궁금하네요."

석기는 이소영을 힐링센터에 안내했을 때와 마찬가지로

서말숙에게도 똑같은 방식으로 힐링센터를 안내했다.

제1 명상실에 자리한 서말숙.

[신 대표 속셈은 잘은 모르겠지만 실내인데도 공기가 숲속처럼 청량하니 좋긴 하네. 물론 여기에 오지 않아도 민예리 배우는 내가 차기작에 꼭 데려갈 생각이지만.]

그렇게 1시간이 흘러갔다.

샤워까지 마친 서말숙은 거울에 비친 자신의 모습에 경악을 금치 못했다.

연예인 비누와 릴렉스 향수.

여긴 그걸 뛰어넘는 곳이었다.

명상실에서 1시간 휴식을 취한 것만으로 피부와 몸매에 변화가 찾아왔다. 특히 나이가 있다 보니 마른 체형이지만 아무리 관리를 해도 탄력이 없는 근육의 상태였다. 그런데 전반적으로 피부가 탱탱해진 감을 느낄 수 있었다.

'그래서 직접 경험을 하라고 여기에 부른 건가.'

두 사람은 1층 카페로 내려왔다.

힐링센터 안에도 휴게실이 구비되어 있긴 했지만 카페가 편했다. 석기가 준비한 커피를 마신 서말숙은 이소영이 그랬던 것처럼 감탄을 금치 못했다.

서말숙의 반응을 확인한 석기가 차분하게 입을 열었다.

"저희 유토피아엔터에 속한 연예인들은 앞으로 힐링센터의 지원을 받게 될 겁니다. 작가님도 경험해 보셔서 잘 알겠지만 유토피아엔터에 속한 배우와 가수들은 최상의 컨디션을 유지하게 될 것은 자명한 사실이죠. 컨디션이 좋아지면 작품의 질이 좋아질 것은 당연하고요. 이래도 민예리 배우를 작가님의 차기작에서 제외시킬 겁니까?"

석기는 이미 서말숙 속마음을 통해 그녀가 명성의 제안에도 불구하고 민예리를 차기작 여자 주인공으로 마음을 결정했다는 것을 알고 있었기에 당당하게 나올 수 있었다.

"실은 이곳을 찾아오기 전에 저희 국장님과 함께 명성의 남기택 비서실장을 만났습니다. 신 대표님 말씀대로 명성에서 민예리 배우를 차기작에 합류시키지 않는 조건으로 30평대 고급 아파트를 제안하더군요. 제 딸이 내년에 결혼을 앞두고 있다 보니 그런 제안을 받으니 아무래도 마음이 좀 흔들리긴 하더라고요."

역시 명성답게 재력을 앞세웠다.

고가의 아파트를 서말숙에게 뇌물로 언급할 정도로, 오장환은 민예리를 정말로 연예계에서 묻어 버릴 작정을 하고 있다는 것이 밝혀진 셈이었다.

눈앞의 여자가 서말숙 작가가 아니라 보통 작가였다면 명성의 회유에 넘어갔을 것이다.

"아파트를 받으실 생각입니까?"

"그걸 받을 생각이었다면 이런 말을 신 대표님 앞에서 꺼내지 않았겠죠?"

석기가 자리에서 일어나 서말숙에게 정중히 인사했다.

"감사합니다, 작가님!"

서말숙이 롱런하는 이유.

알 것도 같았다.

"하지만 넘어야 할 산이 아직 남아 있어요."

"하긴 국장님은 이미 명성과 얘기가 되었을지도 모르겠군요. 오늘 식사 자리에 나온 것을 보면."

"그래 보였어요. 만일 제가 민예리 배우를 차기작에 여주로 집어넣겠다고 고집을 부린다면 장 국장님도 제 뜻을 받아들이긴 하겠죠. 하지만 드라마 제작은 명성제작사에서 맡게 될 겁니다."

"명성제작사에서 작가님 차기작을 제작한다고요?"

"그래서 민예리 배우를 차기작에 빼 버리려고 했던 거죠. 드라마가 성공해도 민예리 배우가 여주로 나온다면 그쪽 입장에선 많이 껄끄러울 테니까요."

서말숙 얘기를 들은 석기의 눈빛이 굳어졌다.

명성에서 민예리에게 뭔가 수작을 부릴 것임은 눈치채고 있었지만 서말숙 차기작을 노리고 있었다니 놀라운 일이었다. 그걸 보면 오장환이 꼭 민예리를 쳐내는 목적도 있었지만 사업적인 측면에서도 서말숙의 차기작이 돈이 될 드라마가 될 것임을 눈치챘다는 의미였다.

"이렇게 되면 작가님 입장도 곤란하겠네요."

"아무래도 그렇겠죠. 하지만 저보다 민예리 배우가 더 큰 문제죠. 촬영 현장에서의 활동이 결코 편치는 않을 거라고 생각해요."

"그 점은 각오해야겠죠. 정 안되면 매일 찾아가서 스태프들을 커피로 꼬드기는 수밖에 없고요."

"커피로 스태프들을 꼬드긴다고요?"

"매일 촬영 현장에 커피차를 보내 준다면 스태프들도 민예리 배우를 좋게 생각해 주지 않을까 싶어서요."

성수가 들어간 커피.

그걸 한번 맛보게 된다면 다른 커피는 입에 대고 싶지 않을 터.

아무리 명성제작사에서 드라마를 찍게 된다 해도 유토피아에서 제공한 커피를 마시게 된다면 그들도 사람인 이상 민예리 배우를 그리 홀대하지 못할 것이라 여겼다.

"참, 연출 감독도 명성제작사에서 콘텍트하는 건가요?"

"안 그래도 그 문제로 내일 방송국 사장님과 타협을 볼 생각이에요."

"MB방송국 사장님도 이번 일에 관여가 된 모양이죠?"

"그렇다고 봐야겠죠. 하지만 민예리 배우를 차기작에서 제외시킨다면 연출 감독을 정하는 문제는 제게 일임하겠다고 했었죠. 그걸로 봐서는 연출 감독은 명성제작사의 사람이 꼭 아니어도 상관없다는 의미가 아니겠어요?"

"흐음."

석기가 생각에 잠겼다.

민예리가 찍을 드라마의 작가는 MB방송국에서도 최고로 알려진 서말숙 작가였기에 믿어도 좋았다.

하지만 연출 감독은 아직 정해지지 않은 상태였다. 연출 감독에 따라 작품의 질이 달라질 터.

그걸 서말숙도 알고 있기에 이리 눈에 불을 켜는 것이다.

"다른 것은 몰라도 연출 감독의 능력이 떨어져서 드라마를 맛깔나게 살려 내지 못한다면 차라리 안 찍는 것만 못하죠. 정 타협의 여지가 없다면 이번 차기작을 포기할 생각까지 하고 있어요."

서말숙이 이를 빠득 갈아 댔다.

그녀는 자신의 차기작을 가지고 명성에서 좌지우지하려는 태도를 용납할 수 없었다.

"차기작 포기는 절대 반대입니다. 그럼 제가 MB방송국 사장님을 만나서 얘기해 보면 어떨까요?"

"신 대표님이 사장님을요?"

"제게 좋은 수가 있으니 한번 믿고 맡겨 보세요."

서말숙이 처음엔 의아히 석기를 쳐다보다가, 갑자기 무슨 생각이 떠올랐는지 눈빛이 빛났다.

MB방송국 사장 한성후.

딸바보라는 소문이 들릴 정도로 딸을 몹시 애지중지하는

것으로 알고 있다.

하지만 그런 딸에게 문제가 하나 있었다.

초고도 비만.

물만 마셔도 살찌는 체질.

한성후도 소중한 딸을 위해 그동안 온갖 노력을 기울였을 테지만 모두 무용지물이었을 것이다.

"힐링센터를 이용할 생각이죠?"

서말숙의 질문에 석기가 대답 대신 빙그레 웃었다.

❀

유토피아 힐링센터.

서말숙의 말대로 석기는 그곳을 이용하여 MB방송국 한성후 사장 딸의 초고도 비만을 해결할 생각이다.

하지만 문제는 석기는 한성후 사장과 일면식도 없는 관계였고, 거기에 한성후는 명성과 친분이 있는 사이라는 점이었다.

그랬기에 석기가 한성후에게 직접 연락하는 것보다는, 서말숙 작가를 중간에 내세우는 것이 훨씬 자연스러울 것이다.

MB방송국 드라마 작가 중에서 최고의 대우를 받고 있는 서말숙이니 방송국 사장을 만나는 일이 그리 어려운 일은 아닐 터.

"대신 서 작가님께서 저를 좀 도와주셔야 할 겁니다."

"어떻게 도와드리면 될까요?"

서말숙 작가는 처음부터 차기작 여자 주인공으로 민예리 배우를 출연시킬 생각이기도 했지만, 힐링센터를 경험한 후로 이제 완전히 석기 편으로 돌아섰음을 알 수 있었다.

명성미디어.

사실 서말숙은 재력을 이용하여 사람을 함부로 휘두르려는 명성미디어에 반감을 갖고 있었다.

시작부터 이런 상황인데 나중에 드라마를 찍게 되면 서말숙의 의견을 무시하려 들 것이 뻔했다.

거기에 명성미디어는 연예기획사까지 갖춘 곳이다 보니, 배역들을 선정하는 문제도 그녀와 마찰을 빚을 염려도 컸다.

워낙 그녀가 관록이 있는 작가였기에 명성미디어에 끌려다닐 일은 없겠지만, 그래도 힘겨루기를 하다 보면 여러모로 불편해질 것은 기정사실이었다.

그랬기에 드라마 제작에 들어가기 전에 명성미디어가 제 멋대로 굴지 못하게 못을 박을 필요가 있었는데, 마침 석기가 지원사격을 해 준다니 아주 잘되었다고 생각했다.

"제가 한성후 사장님을 만날 수 있도록 해 주시면 됩니다."

"한성후 사장님을 만나게 해 드리는 것은 그리 어려운 일은 아니나, 이미 명성 쪽으로 마음이 기울어진 한성후 사장님일 겁니다. 그래도 괜찮겠어요?"

서말숙의 염려가 깃든 시선에 석기가 힘차게 고개를 끄덕여 보였다.

"괜찮습니다. 자식 이기는 부모 없다는 말이 있죠. 더군다나 한성후 사장님은 딸을 유난히 사랑하고 계신 것으로 알고 있습니다. 그런 딸이 초고도 비만으로 심한 스트레스를 받고 있는 것에 한성후 사장님 역시 마음이 편치는 않을 겁니다."

"그건 그렇겠죠. 부모 마음이란 것이 누구나 같을 테니까요. 실은 그동안 한성후 사장님 딸을 위해 여러 방면의 전문가들을 만난 것으로 알고 있거든요. 물론 그런 노력도 모두 허사가 되었지만요."

서말숙의 말을 들은 석기는 오히려 반색하는 눈빛이었다.

한성후 딸이 초고도 비만의 상태에서 벗어나지 못한 것이 석기에겐 기회이기도 했다.

현재 돌아가는 분위기로 보아 명성미디어에선 서말숙 작가의 차기작에 빨대를 꽂으려는 의도일 터.

이미 MB방송국 사장 한성후와 드라마국장 장길흥을 명성 편으로 끌어들인 상황이니, 명성에선 이제 서말숙 작가만 잘 구슬리면 될 것이라 여기고 30평대 아파트를 제안했을 것이다.

하지만 다행히 서말숙 작가는 명성미디어의 입김에 놀아날 인물이 아니란 점이었고, 민예리 배우를 그녀의 차기작에서 빼 버릴 생각이 없었기에 이제 서말숙은 석기와 한배를 탄 상황이라 봐도 좋았다.

"서 작가님! 저는 서 작가님에게 했던 것처럼 한성후 사장님의 딸에게도 똑같이 힐링센터를 경험해 보도록 할 생각입니다. 명성에서 먼저 선전포고를 한 이상, 순순히 당하고만 있지 않을 겁니다. 힐링센터를 이용하여 한성후 사장님 딸의 몸매를 정상으로 만들고, 심지어 한성후 사장님까지 저희 유토피아 편으로 만들 생각입니다."

석기의 자신감 넘치는 태도에 서말숙의 속마음이 들렸다.

[이제까지 어디서도 경험해 보지 못한 힐링 센터의 신비로운 효과이긴 하지만…… 그래도 초고도 비만을 잡는 것은 그리 쉽지 않을 텐데.]

서말숙은 석기와 달리 한성후 사장의 딸을 직접 봤다.

한성후 앞에선 차마 대놓고 말은 못했지만, 이건 그냥 뚱뚱한 정도가 아니라 정말로 심각한 수준의 상태였다.

만일 한성후 사장은 힐링센터를 통해 딸의 초고도 비만이 해결되어 정상인의 몸매를 갖게 된다면 석기를 은인처럼 여길 것이다.

하지만 세상사란 항상 반대의 경우도 생각해야 하는 법이었다. 크게 기대를 하고 있다가 효과를 보지 못할 경우에는, 오히려 석기를 한성후에게 소개하지 않는 것만도 못한 일이 될 수 있었기에 말이다.

"신 대표님. 다시 한번 생각해 보세요. 만일 한성후 사장님 딸이 힐링센터를 이용하고도 효과를 보지 못한다면 앞으로 유토피아엔터의 소속 연예인들은 MB방송국의 문턱을 넘나드는 일이 불편해질 수도 있을 거예요. 그래도 정말 괜찮겠어요?"

"괜찮습니다! 저는 힐링센터를 믿고 있습니다! 그러니 한성후 사장님을 꼭 만나야겠습니다!"

석기의 이글거리는 눈빛에 서말숙의 눈동자가 파르르 흔들렸다. 힐링센터를 경험하지 못했더라면 지금 석기의 말이 순전히 허풍으로 들렸을 것이나, 직접 그곳을 경험해 본 그녀였다. 어쩌면 석기의 말대로 한성후 딸이 효과를 보게 될지도 모른다는 생각이 들었다.

"저도 한성후 사장님이 명성과 손을 잡는 것을 좋게 생각하지 않고 있어요. 요즘 명성미디어에서 다른 기획사의 배우들을 열심히 포섭하고 있다는 거 알고 계시나 모르겠지만, 아무튼 웃기는 것은 명성에서 제 차기작에 포섭한 배우들을 꽂아 줄 것처럼 굴고 있다는 거죠. 감히 제 허락도 구하지 않고 말이죠. 그러니 힐링센터를 이용해서라도 명성을 제대로 물 먹여보세요. 한성후 사장님이 명성과 아무리 사이가 좋더라도 딸의 문제는 한성후 사장님에겐 무엇과도 비교할 수 없는 0순위의 일일 테니까요."

서말숙이 진심을 드러냈다.

석기를 도와주기로 확실하게 마음을 굳힌 것임을 알 수 있었다.

"그렇다면 내일은 어때요? 연출 감독 문제로 서 작가님도 한성후 사장님과 내일 담판을 지을 생각일 거 아녜요? 혼자 상대하는 것보다는 저랑 함께 한성후 사장님 집을 방문하시죠."

"신 대표님과 같이요?"

"불편하시면 저 혼자 한성후 사장님을 만나도 상관없습니다."

"아니에요. 생각해 보니 함께 움직이는 것도 좋겠네요. 그럼 제가 이따가 한성후 사장님께 연락을 해서 내일 약속을 잡아 보도록 할게요."

"약속이 잡히면 그곳 집 주소를 코톡으로 보내 주세요."

"그러죠. 그럼 내일 한성후 사장님 집 앞에서 기다리고 있을 테니 만나서 저랑 함께 들어가요."

적극적으로 나오는 서말숙의 태도에 석기가 흡족히 웃었다.

유토피아에서 힐링센터를 운영하는 목적 중의 하나에 인맥 구축도 포함되어 있었다.

서말숙 작가는 이미 석기 편이 되었으니 다음은 MB방송국 사장인 한성후가 목표였다.

엔터 사업에 뛰어든 이상 지상파 방송국과 척져서는 절대

이로울 리 없었다.

그리고 무엇보다 명성에서 먼저 석기를 도발한 것이니 그것에 대한 응징을 확실하게 해 줄 작정이다.

❈

다음 날 아침.

석기는 서말숙 작가가 찍어 준 주소로 차를 몰았다.

MB방송국 사장 한성후가 살고 있는 집은 서초동 고급 주택가에 위치했다.

회귀 전에 석기가 오세라와 결혼을 해서 거주했던 신혼집도 바로 서초동 고급 주택가였기에 주변 지리는 빠삭했다.

부르릉!

회귀 전 신혼집을 스쳐 지나갔다.

그곳에서 지냈던 기억들은 마치 꿈속의 일처럼도 느껴졌다. 한편으론 석기의 머릿속에서 깨끗하게 삭제하고 싶은 기억들이기도 했다.

'저곳인가?'

서말숙이 말해 준 주소에 이르자 대문 앞에 아이보리색 외제차 한 대가 세워져 있는 것이 보였다.

서말숙 작가의 자가용일 터.

타악!

석기의 차가 주위로 접근하자 운전석에 타고 있던 인물이 차에서 내렸다.

서말숙 작가였다.

푸른색 코트를 멋지게 걸친 그녀의 모습이 우아해 보였다.

끼이익!

석기도 대문 앞의 남은 공간에 차를 대고 내렸다.

핏감이 좋은 감색 정장에 노타이 차림새인 석기의 모습은 아주 자연스럽고도 멋졌다.

성수를 달고 사는 석기였다.

몸에 필요 없는 노폐물은 죄다 걸러지고, 탱탱한 피부에선 생기가 감돌았다.

"우리 신 대표님! 배우라고 해도 믿겠는데요."

서말숙이 환하게 웃었다.

최상급 연예인을 방불케 하는 석기의 매력적인 비주얼이었다. 방송 작가이니 웬만큼 날고기는 배우들을 숱하게 봐 온 그녀였지만, 사실 석기만큼 매력적인 아우라를 풍기는 인물도 드물었던 탓이다. 거기에 석기는 예의도 발랐다.

"작가님! 너무 아름다우세요. 작가님이 아니라 배우라고 해도 믿겠습니다!"

칭찬을 돌려줄 줄 아는 석기의 배려에 서말숙이 더욱 환하게 미소를 머금어 보였다.

석기 덕분이었다.

나이가 들수록 늘어나는 주름살로 거울 보는 것이 싫었는데, 힐링센터의 효과를 보고 나서 이제는 거울을 보는 것이 즐거웠다.

"들어가죠."

"네!"

석기는 서말숙 작가를 따라 대문 안으로 움직였다.

아침에 이곳을 찾아온 이유. 한성후 딸이 고등학생이란 점에 딸도 보고 갈 생각이다. 딸의 의견도 중요했기에. 한성후 부인은 친정에 볼일을 보러 갔기에 한성후가 직접 손님을 맞이했다.

"어서 오세요, 서 작가님!"

"안녕하세요! 아침부터 찾아와서 불편하시죠?"

"아닙니다! 하하! 저야 서 작가님을 뵙는 일인데 언제든지 상관없습니다! 근데 우리 서 작가님 요즘 무슨 좋은 일이 있으신가요? 그사이에 왜 이렇게 예뻐지신 거죠?"

"좋게 봐주셔서 감사합니다! 호호!"

한성후의 집안은 재력가였다.

중후한 인상의 중년 남성. 귀하게 자란 티가 역력했다.

출근 준비를 하던 중인지 정장 바지에 와이셔츠를 걸친 모습이었다. 서말숙이 한성후와 인사가 끝나자 곁의 석기를 그에게 소개했다.

"한성후 사장님! 이쪽은 유토피아 대표입니다. 어제 제가 대충 말씀드리긴 했지만 사장님께 제안할 것이 있다기에 함께 방문하게 되었습니다."

서말숙의 소개에 석기가 한성후를 향해 인사했다.

"신석기입니다. 따님에 관한 문제로 한 사장님께 제안을 드릴 일이 있어서 찾아뵙게 되었습니다."

"한성후입니다! 어떤 제안을 하시려고 그러는지 궁금하네요."

석기와 악수를 나눈 한성후의 눈빛이 호기심으로 가득했다. 아무래도 석기에게서 딸에 대한 언급이 나온 탓일 터.

"응접실로 자리를 옮기는 것이 좋겠습니다."

"그러죠."

한성후를 따라 석기와 서말숙이 응접실로 움직이려는 찰나.

쿵쾅쿵쾅! 쿵쾅쿵쾅!

2층으로 연결된 계단에서 누군가 아래층으로 내려오고 있었다. 소음이 워낙 커서 다들 그곳으로 고개를 돌리게 되었다.

교복 차림새의 여자애였다.

'저 애가 한성후 사장 딸?'

초고도 비만.

말로만 듣던 것과는 달리 실제 본 모습은 가히 충격적이었다.

잔뜩 늘어진 턱살. 임산부처럼 튀어나온 복부. 스커트 아래로 드러난 전봇대 같은 다리. 얼굴 피부도 붉은 여드름으로 가득했다. 어디 한구석도 귀엽고 사랑스러운 구석을 찾아볼 수 없었지만, 한성후는 딸을 대하는 눈빛에서 꿀이 뚝뚝 떨어지고 있었다.

"여진아, 인사 드려. 서말숙 작가님은 잘 알지? 저번에도 한번 오셨잖아."

"안녕……하세요."

"그래, 여진이 학교 가는 구나?"

"네……에."

서말숙에게 어색하게 인사를 한 여자애가 석기를 슬쩍 쳐다보더니 눈이 동그래졌다.

[헐! SB방송 〈진위 여부〉에 나왔던 남자다! 완전 멋져! 실물이 훨씬 잘생겼잖아!]

한성후의 딸 한여진.

낯가림을 심하게 하는 듯, 서말숙을 대할 때는 비교적 괜찮아 보였지만, 석기를 대하는 것은 상당히 불편해 보였다.

하지만 한여진의 속마음은 보통 여자애들과 똑같다는 것에 석기가 피식 웃었다.

"여진아, 아빠 손님들하고 잠깐 얘기 좀 해야 하는데. 거실에서 좀 기다려 줄래?"

역시 딸바보답게 한성후가 직접 딸의 차로 등교시켜 주고 있는지 딸에게 거실에서 기다리도록 했다.

"여진 양도 응접실에 들어오게 하는 것이 어떨까요? 제가 여길 온 목적이 바로 여진 양 때문이니까요."

석기의 말에 한여진의 눈이 다시금 왕방울처럼 커졌다.

"우리 여진이도?"

한성후가 자신의 딸 한여진을 응접실에 함께 들어오기를 바라는 석기를 의아한 눈빛으로 쳐다봤다.

고등학생인 딸이다.

거기에 대인기피증까지 있다.

그리고 정말 중요한 문제는 딸의 특수한 사정이다. 정상인과는 거리가 먼 초고도 비만의 상태라는 것.

하지만 그는 딸을 사랑하는 아빠였다.

세상 사람들이 한여진을 괴물처럼 취급한다 해도 한성후의 눈에는 세상 그 무엇과도 바꿀 수 없는 소중한 딸이었다.

[우리 여진이에게 상처를 줄 말을 하기만 해 봐! 절대 용서하지 않을 테다!]

한성후의 속마음이 들렸다.

아빠 입장에선 당연한 반응이기에 석기가 올곧은 눈빛으로 한성후를 주시하며 응대했다.

"한 사장님! 사실 저는 여진 양에게 도움을 주고자 이곳을 찾아왔습니다. 그리고 제가 한 사장님께 드리려는 제안을 결정하는 것에 여진 양의 의견이 필요해서입니다."

"그렇다면 알았어요."

석기가 한여진에게 도움을 주고자 찾아왔다는 말에 한성후의 표정이 눈에 띄게 부드러워졌다.

모두가 응접실에 들어섰다.

한성후 옆에 딸 한여진이 앉고, 맞은편에 서말숙과 석기가 자리했다.

석기가 곧장 본론에 돌입했다.

"저희 유토피아에서 운영하는 힐링센터에 여진 양을 초대할 생각입니다."

"힐링센터가 어떤 곳이죠?"

"힐링센터에서는 피부와 몸매관리를 중점적으로 케어하고 있습니다. 회원제로 운영하는 곳이라 초대받지 못한 이들은 함부로 들어올 수 없는 곳이기도 하죠."

"피부와 몸매 관리?"

"그렇습니다. 힐링센터의 주요 목적은 유토피아엔터에 속한 연예인들을 케어하고자 만든 곳이지만, 제가 초대한 분들은 힐링센터의 사용이 가능합니다. 어제 서 작가님도 그곳을 경험해 보셨고요."

석기의 말에 한성후가 놀란 눈으로 서말숙의 얼굴을 쳐다봤다. 전에 봤을 때에 비해 몇 배로 아름답게 달라진 서말숙의 분위기였다.

[설마 서 작가가 달라진 것이 힐링센터를 이용한 덕분이라고?]

한성후 속마음을 들은 석기가 웃으며 대화를 이어 나갔다.

"힐링센터에 여진 양을 초대할 생각입니다만, 본인이 원치 않는다면 방문하지 않으셔도 괜찮습니다. 참고로 힐링센터는 회원제로 운영하는 곳이라, 회원으로 정해지지 못한 사람들은 함부로 들어올 수 없는 곳이기도 하죠. 설령 아무리 돈이 많은 갑부나 일국의 대통령이라도 제 허락이 떨어지지 않는 한은 이용이 불가합니다. 그러니 잘 생각해 보시고 말씀해 주세요."

석기가 한여진을 힐끗 쳐다봤다.

힐링센터가 연예인들을 케어하는 곳이란 말이 나온 순간부터 크게 동요를 보이고 있는 한여진의 분위기였다.

[대박! 힐링센터가 연예인들을 케어하기 위한 곳이라고? 예쁘고 날씬한 애들을 더 예쁘게 만들어 주는 곳인가 본데? 그럼 나도 거기 들어가면 날씬해질 수 있는 건가? 이익! 하루를 살더라도 날씬하게 살고 싶어!]

한여진 속마음이 들렸다.

한창 꿈 많은 여고생이었지만 초고도 비만의 몸으로 인해 대인기피증까지 걸린 그녀였다. 정상인처럼 살고 싶다는 그녀의 간절한 소망이 가슴에 와 닿았다.

"여진이 생각은 어때?"

한성후가 딸 한여진을 쳐다봤다.

아빠인 그로선 딸에게 도움이 되는 곳이라면 무엇이든지

해 보고 싶었지만, 만일의 경우 기대했던 것에 비해 효과를 그리 보지 못할 경우 딸이 실망할 것이 두려웠다.

"아빠! 나 힐링센터 가 볼래!"

딸바보 아빠 한성후.

게임은 끝났다.

딸 한여진이 가 보고 싶다는데 무슨 말이 더 필요하겠는가.

"여진 양! 잘 생각했어요."

"히익!"

석기의 칭찬에 한여진의 볼이 붉게 변했다.

초고도 비만으로 괴물처럼 보이는 외관이나, 속은 푸릇푸릇한 꿈 많은 여고생인 것이다.

"저녁 7시에 힐링센터의 시간을 비워 놓도록 하겠습니다. 그럼 제가 드릴 제안은 끝났으니, 이제 서 작가님의 차례입니다."

서말숙에게 바통 터치를 했다.

서말숙은 차기작을 맡을 연출 감독을 정하는 문제를 타협하고자 한성후를 찾아온 것이다.

하지만 현재 돌아가는 분위기상 그녀는 다음을 기약하는 것이 좋겠다고 판단했다.

"저는 오늘 말고 다음에 말씀드리는 것이 좋겠네요."

"흐음, 그러세요."

한성후가 고개를 끄덕였다.

그도 서말숙이 하려는 말이 무슨 내용인지 알고 있는 눈치였다.

하지만 서말숙도 그렇지만 한성후도 석기가 초대한 힐링센터를 딸이 경험하고 나서 그때 얘기를 꺼내도 늦지 않을 거라 생각했다.

❈

명성의 오장환 회장실.

어제 비서실장 남기택으로 하여금 MB방송국 드라마국장 장길홍과 작가 서말숙을 만나도록 했다. 장길홍은 확실하게 명성 편이 되어 줄 분위기이나, 작가 서말숙은 아직 결정이 되지 않은 상황이었다.

그때 남기택이 안으로 들어왔다.

"서 작가가 뭐라고 그래?"

"그게…… 서 작가가 전화를 받지 않아서 통화를 나누지 못했습니다."

"전화를 받지 않는다고? 혹시 일부러 피하는 거야?"

오장환의 일그러진 표정에 남기택이 얼른 변명하듯이 대꾸를 흘렸다.

"어제 오늘까지 답을 주기로 했으니 분명 연락이 올 겁니다. 서 작가가 민예리 배우를 차기작에 넣고 싶어 하는 눈치였지만…… 그래도 30평대 아파트가 걸린 일이니 아무래도 갈등이 되나 봅니다."

"그러다 민예리 배우를 차기작에서 빼지 않겠다고 고집을 부리면 어떡할 거야?"

"드라마국 장길흥 국장과 MB방송국 한성후 사장이 회장님을 밀어주기로 하지 않았습니까? 아무리 서 작가의 파워가 강하긴 해도 두 사람이 회장님 편에 선 이상 민예리 배우를 포기해야 할 겁니다."

"장 국장에게 연락해서 서 작가가 딴짓 못 하게 만들어! 난 한 사장과 통화해 볼 테니까."

"네! 알겠습니다!"

남기택이 장길흥과 통화하고자 밖으로 나가자, 오장환도 핸드폰을 들고 한성후 연락처를 검색했다.

"어디 보자. 여기에 있군."

오장환이 통화 버튼을 눌렀다.

며칠 전에 한성후와 술자리를 가졌고, 꽤 좋은 분위기 속에서 술자리를 파했다.

그걸로 충분하다고 여겼다.

그날 술자리에 함께 대동했던 남기택이 한성후에게 은근슬쩍 말을 꺼내던 것이다.

서말숙 작가의 차기작에 민예리 배우를 출연시키지 않는

것이 좋겠다고 밝혔다.

비록 한성후에게 확실하게 다짐을 받은 것은 아니지만, 한
성후가 서말숙 작가를 잘 다독여 보겠다고 했으니 명성을 밀
어주겠다는 의미나 다름없었다.

"흐음! 왜 전화를 받지 않지?"

오장환 표정이 살짝 찌푸려졌다.

다시 통화 버튼을 눌렀더니 이번엔 아예 전원이 꺼져 있다
는 메시지가 들려왔다.

예감이 좋지 못했다.

한성후가 일부러 오장환의 전화를 피하고 있다는 느낌을
받은 탓이다.

그때 MB 드라마국장인 장길홍과 통화를 하러 밖으로 나
갔던 남기택이 다시 회장실로 들어왔다.

남기택은 장길홍과 통화를 했는지 표정이 상당히 밝았다.

"서 작가가 장 국장에게 하루 더 시간을 달라고 했나 봅니
다."

"서 작가는 그걸 왜 남 실장에게 하지 않고 장 국장에게
한 거야?"

"아무래도 저보단 같은 방송국 사람인 장 국장이 편해서
그랬을 겁니다. 하여간 서 작가는 내일까지 기다려 보면 답
이 나올 겁니다. 한데 어떻게 회장님께선 한 사장님과 통화
를 해 보셨습니까?"

남기택의 시선에 오장환이 못마땅하단 표정으로 입술을 씰룩거렸다.

"흐음, 한 사장이 전화를 받지 않는군."

"어쩌면 회의 중일 수도 있습니다. 회장님 연락인데 전화를 받지 않을 리는 없을 테니까요. 그래도 제가 장 국장과 통화를 했으니 별문제는 없을 거라 생각합니다."

"알았어. 그만 나가 봐."

남기택이 밖으로 나가자 혼자 회장실에 남은 오장환이 생각에 잠겼다.

기분이 뭔가 탐탁하지 않았다.

이제까지 석기와 얽힌 일들을 생각하면, 하나같이 결과가 좋지 못했기에 말이다.

'아무리 그래도 한성후가 유토피아와 손잡을 이유가 없지.'

오장환은 자신의 전화를 받지 않는 한성후 태도가 찜찜하긴 했지만 그동안 유지해 온 친분이 있었기에 한성후가 그를 쉽게 배신하지 못할 것이라 여겼다.

바로 그때였다.

"회, 회장님!"

남기택이 허둥지둥 회장실로 다시 돌아왔다.

"왜 그래?"

"그, 그게……."

"대체 무슨 일인데 그래?"

"K연예매거진 이소영 기자가 유토피아 힐링센터에 관한 기사를 올렸는데…… 반응이 장난이 아닙니다."

"힐링센터? 그게 뭔데?"

"이번에 신 대표가 10층짜리 건물을 매입하지 않았습니까? 그 안에 힐링센터를 만든 모양입니다."

"근데 그게 어째서?"

"한번 기사를 보시죠, 여기!"

"쯧! 하여간 호들갑은……."

오장환은 대수롭지 않다는 기색으로 남기택이 건넨 핸드폰을 들고 기사를 살펴봤다.

유토피아 힐링센터! 그곳에서 신세계를 경험했다! 연예인 비누와 릴렉스 향수로 세간의 뜨거운 관심을 받고 있던 유토피아가 이번에 힐링센터로 또 한 번 놀라움을 선사했다. 한 가지 아쉬운 점은 힐링센터는 유토피아엔터의 소속 연예인들을 케어하기 위한 목적으로 만든 곳이라 일반인의 출입은 불가능하다는 점이다. 유토피아 신석기 대표는 이번에 엔터계 사업에 뛰어들게 되면서 '힐링센터'라는 카드로 승부수를 낼 계획이라고 밝혔다. 연예인 비누와 릴렉스 향수를 조합하여 새롭게 탄생한 유토피아 힐링센터는 아름다운 외모를 원하는 이들에겐 감히 낙원이라고 말할 수 있다.

기사를 읽은 오장환의 낯빛이 똥색으로 변했다.

유토피아 힐링센터.

기사 내용이 사실이라면 미디어 사업에 뛰어든 오장환에게 상당히 치명적인 문제로 작용할 터.

'혹시 한성후 사장이 전화를 안 받는 이유가?'

오장환도 한성후의 딸 한여진에 대해 익히 알고 있다.

괴물과도 같은 한여진의 비주얼.

솔직히 오장환 같았으면 집안의 수치 덩어리나 다름없는 괴물을 외국으로 멀리 눈앞에서 치워 버렸을 것이다.

하지만 한성후는 괴물 같은 딸도 자식이라고 애지중지하는 모습을 보이고 있었다.

'설마 신석기 이놈, 한성후 사장을 만난 것 아냐?'

오장환이 이를 빠득 갈아 댔다.

만일 한성후가 석기를 만나서 이소영 기자처럼 힐링센터에 초대받았다면? 그래서 한성후 딸 한여진이 효과를 보게 된다면?

이건 아주 큰 문제였다.

지상파 MB방송국.

한성후와의 친분을 이용하여 그곳을 오장환 입맛대로 휘두르려던 계획이 산통이 깨질 수가 있었다.

"남 실장! 당장 한 사장 집으로 가 봐! 한 사장 딸이 집에 있는지 확인해!"

"설······마? 아, 알겠습니다!"

오장환의 지시에 남기택도 그제야 깨달은 것이 있기에 허둥지둥 회장실을 빠져나왔다.

저녁 7시가 되었다.

MB방송국 사장 한성후와 딸 한여진이 유토피아 힐링센터를 찾아왔다.

석기의 안내로 제1 명상실로 들어선 한여진. 한여진 몸에 맞는 사이즈가 없다 보니 그냥 입고 온 상태로 명상실에 자리하게 되었다.

"오늘은 첫날이니 맛보기로 제1 명상실을 경험해 보시는 것이 좋겠습니다."

초고도 비만 한여진.

한여진 몸매를 정상으로 만들기 위해선 사실 제1 명상실만으로는 어림도 없었기에, 제2 명상실, 심지어 제3 명상실까지 필요했다.

하지만 사람 마음이란 갈대 같은 것.

화장실 들어갈 때와 나올 때의 마음이 다른 것처럼, 한여진의 몸을 정상으로 만들어 주는 것에도 시나리오가 필요하다고 생각했다.

MB방송국 사장 한성후.

한성후를 잡을 생각이다.

그를 확실하게 석기의 편으로 만들기 위해선 힐링센터의 중요성을 뼛속까지 심어 줄 필요가 있었다.

물론 한여진이 제1 명상실에서 1시간만 있어도 눈으로 확인할 정도로 몸매가 달라지긴 할 터.

"그럼 여진 양. 여기서 편안하게 쉬고 있어요. 보기엔 평범해 보여도 이곳엔 신비로운 힘이 깃들어 있거든요. 한 사장님과 저는 휴게실에서 기다리고 있을 테니 가습기의 안개가 멈추면 나오면 돼요."

생각했던 것보다 너무 평범한 힐링센터의 분위기에 다소 실망한 표정인 한성후의 분위기였지만, 그나마 한여진은 기대로 가득한 눈빛이었다. 석기는 한성후와 함께 밖에 구비된 휴게실로 이동했다.

괴물 같던 한여진은 얼마나 달라질 수 있을까.

다음 권으로 이어집니다

꿈의 도약, 로크에서 하십시오
(주)로크미디어에서 신인 작가를 모십니다

즐거운 세상, 로크미디어는 꿈을 사랑하고 도전을 두려워하지 않는 작가 분들의 참신한 작품을 기다리고 있습니다. 21세기 장르 문학계를 이끌어 갈 차세대 선두 주자 (주)로크미디어에서 여러분의 나래를 활짝 펴 보시길 바랍니다.

모집 분야 판타지와 무협을 포함한 장르 문학
모집 대상 아마추어 작가, 인터넷 작가
모집 기한 수시 모집
작품 접수 시 유의 사항
1. 파일명은 작가명_작품명.hwp형식을 갖춰 주십시오.
1. 파일에 들어갈 내용은 다음과 같습니다.
    – 성명(필명인 경우 실명을 밝혀 주세요), 연락처, 이메일 주소
    – 제목, 기획 의도
    – A4용지 1장 분량의 등장인물 소개
    – A4용지 2장 분량의 전체 줄거리
    – 본문
1. 작품이 인터넷에 연재되고 있다면, 게시판명과 사이트의 구체적이고 정확한 주소를 기재해 주십시오.

선택된 작품은 정식 계약 후 출판물로 간행되어 전국 서점에 유통됩니다.
작가 분은 (주)로크미디어의 전폭적인 지원하에 전속 작가로 활동하시게 됩니다.
※ 자세한 내용은 로크미디어 홈페이지(rokmedia.com)를 참조하세요.

(04167)서울시 마포구 마포대로 45 일진빌딩 6층
(주)로크미디어 편집부 신간 기획 담당자 앞
전화 : 02) 3273-5135
www.rokmedia.com   이메일 : rokmedia@empas.com